夜毎、君とくちづけを

Mayuki & Ritsu

流月るる

Ruru Ruzuki

EB

エタニティ文庫

目次

夜毎(よごと)、君とくちづけを

プロローグ

腕時計を確かめると、時刻は午後八時四十分。

約束の時刻をとっくに過ぎていて、私、広瀬真雪（ひろせまゆき）は駅からの道を必死で走っていた。

向かう先は会社の同期の男である、上谷理都（かみやりつ）の住む高級マンション。

駅から近い場所にあるおかげで、なんとか例の時刻には間に合いそう。

部屋の鍵を持ってはいたけれど、私はエントランスのパネルで部屋番号を押して住人に開けてもらった。

スピーカー越しに聞こえる『遅い！』という声だけで、やつの怒りが伝わってくる。

私はエレベーターに乗っている間に息を整えた。

「はぁ……ぎりぎり」

ちょっと早めに仕事が終わったから、今夜は一度自分の家に戻った。少し余裕をもって家を出てきたはずなのに、電車が遅れたせいで約束の時刻に間に合わなくて。

だから、遅くなったのは私のせいじゃない！

エレベーターを降りると、住人はご丁寧にも私を出迎えるかの如く玄関ドアを開けて待っていてくれた。

「か、上谷……ごめん！」

「いいから入れ」

上谷は、今夜は仕事から帰ったばかりなのか、ネクタイもほどかずにスーツ姿のままだ。一日の仕事を終えた後なのに相変わらず涼しげな風情で、慌てて走ってきた私とは大違いだ。

私はとりあえず洗面室に飛び込み、手洗いとうがいを済ませてリビングに向かった。

「電車が遅れたの！　私はちゃんと余裕をもって出たんだからね」

怒られる前に言い訳した。

「だから俺はタクシー使えって言っただろうが！」

「だってタクシー代もったいないもん」

「だったら俺が迎えにいくか、おまえのうちへ行く！」

「それは嫌っ！」

あんたが私の部屋へ来るとなると、片づけやら掃除やらしないといけなくなるじゃんか、と心の中で反論する。

でも今は、そんな口論は後回しだ。

「もうすぐ時間だよ。ぎりぎりだけど間に合ったんだから、いいじゃない」

座り心地のいいソファに腰を落ち着かせると、テーブルの上に用意された上谷のスマホが目に入る。

それは『儀式』の開始と終了を知らせる大事なアイテム。

上谷は、文句を言うのを諦めたように、はあっとため息をつき、私の隣に座った。

「今夜は、時間がくる前に始めるぞ」

「……えー」

往生際悪く、小さく反発してみた。

「検証は必要だ」

「……はい、はい」

私たちはこんな状況に陥った日から、あれやこれやと試行錯誤の日々を送っている。

検証なんかしてもしなくても、結果は同じなんだけれど。

とにかく私たちは『儀式』を行わなければならない。

災いを回避するために――

上谷の大きな手が、私の頬に触れる。

それを合図に、私はそっと目を閉じる。

部屋の中がしんと静まり返り、私はほんの少し緊張してぎゅっと手を握り締めた。

何度経験しても慣れなくて、けれど何度も繰り返してきたから馴染み始めた行為。

柔らかな唇が私の唇に押し当てられた。

それからすぐに、かすかな口の隙間から、やつの舌がするりと入ってくる。

複雑な感情とは裏腹に、私はその舌を素直に受け入れて、自分の舌をそっと絡めた。

最初はささやかに、けれどだんだんと動きは速まっていく。私は唾液を味わうように舌を動かしながら、ゆっくりと溢れてくるものを呑んだ。

やつの舌の感触にも熱さにも動きにも慣れてきて、それに気持ちよささえ覚え始める。

その頃には、最初にあったはずの緊張は解け、体から力が抜けそうになった。

唇の柔らかさ、滑らかな舌の動き、混ざり合う互いの唾液の味。そういうものすべてに溺れていく。

時折、唇の角度を変えながら、スマホからのタイムアップの合図があるまで私たちはキスをする。

今、私がキスを交わしているこの男は、会社の同期で天敵でライバルであって――

決して恋人ではない。

なのに、夜毎キスを交わす。

長くて深い淫らなキスを――

第一章　これは試練の始まり

そもそものきっかけは先週末の社員旅行だった。

社員旅行……それは上司たちだけが楽しみにしている、それこそ若手社員にとってはただの苦行。年々若手社員の参加率は下がっているのに（入社二年目までは強制参加だけど）いまだに中止にならない社内イベントだ。

社員旅行の幹事は入社四年目の社員が担当することになっている。つまり今年は私たちが幹事。

今年の幹事メンバーには同期である上谷理都がいたせいで、参加者が増えて大変だったのだ。

上谷はどこの会社にも一人はいるだろう、若手有望株のイケメン社員だ。

さらりとした漆黒(しっこく)の髪。涼やかな目元と、低いのに甘く感じる声。品があり、何事にも落ち着いて冷静に対処する身のこなし。

女の子なら誰もが憧れずにいられません！　とは今年の新入社員談だ。

同期である私からすれば……完璧すぎて逆に胡散臭(うさんくさ)い存在だけど。

その社員旅行に来た地で、『今夜はお祭りがあるんですよ』と教えてくれたのは旅館のスタッフだった。

私は社員旅行の事前準備担当だったので、当日を迎えるまでにすでに充分働いていた。だから酔っ払い上司のお相手は宴会担当者と新入社員にお任せして、宴会を途中で抜け出してお祭りに向かったのである。食後のデザートでも食べるつもりで、友人でもある同僚と楽しく夜店を見て回っていたのだ。

神社で催されているお祭りは予想していたよりも賑やかで、人も大勢来ていたし、お店もたくさん出ていた。

広い参道を照らす赤い提灯に、設置された舞台から聞こえてくる笛の音。

浴衣姿ではしゃぐ、たくさんの人々。

境内では、パフォーマンスや、くじ引きなどのイベントも行われていた。

「あ、上谷だ」

「え？　じゃあ、あっち行こう。とりまきたちに絡まれると厄介だし」

上谷の姿を見つけたらしい友人のセリフに、私はすぐさま答えた。

あいつは旅館の宴会場で肉食系先輩女子社員に囲まれていたはずなのに、いつの間に拉致されてお祭りに来ていたんだろう？

ともあれ、上谷狙いの女子社員と関わるといろいろ面倒なことになる。避けるのが一番だ。

「いや、一人だよ。あいつうまく抜け出したんじゃない？」

さすが……仕事のできる男は女のあしらいもうまい。やつが一人でお祭りに来るとは考えられないから、連れてこられた後、はぐれたふりでもして逃げ出したに違いない。

「あ、違う、一人じゃない。あれ、小学生っぽい女の子を連れてる」

「え？」

私は思わず上谷の姿を探し、そして本人とばっちり目が合ってしまった。

上谷は私たちに気づくと、まっすぐにこちらへ向かってくる。

「よかった。おまえら手伝って。この子、迷子らしいんだ」

紺地に金魚模様の浴衣に黄色の兵児帯を結んだ女の子は涙目で「お兄ちゃん……」とぐずっていた。

上谷と手を繋いでいるにもかかわらず、さらにシャツまで握っているところを見ると、よほど心細いらしい。

お兄ちゃんとお祭りに来てはぐれて、お兄ちゃんに似た上谷に縋りついたのかな？

「迷子案内の場所があるだろうから聞いてくる」

私と一緒にきた友人がそう言って、すぐに動き出す。

私はぐずぐず泣いている女の子に、夜店でおまけにもらった髪飾りを差しだした。私には到底使えそうもない、かわいらしい髪飾りだったのでちょうどいい。

「あげる。一人で心細かったね。もう大丈夫だよ」

女の子は涙目で私が差しだしたものと、私を見た後、なぜか上谷を見上げた。もらっても大丈夫なものか、やつに確認するような眼差しを向けている。

その仕草はまるで、上谷のほうが信頼できると言っているみたいだ。

「もらえばいい。このお姉ちゃんより君のほうが似合う」

――悪かったな！　似合わなくて。

女の子はおずおずと手を出して私から受け取り、小さく「ありがとう」と言った。涙目ながら嬉しそうにほほ笑む。

「ねえ上谷、この子に名前と年齢、聞いたの？」

「ああ、名前は――」

上谷が言いかけたのと、私のスマホが鳴ったのは同時だった。

電話に出るとそれは、友人からの迷子案内の場所を知らせる内容。そして私が話に気をとられていたところ――

「お兄ちゃん！」

上谷から手を離した女の子が、いきなり駆け出していく。

その姿はすぐに人混みに紛(まぎ)れてしまい、私と上谷は慌てて後を追いかけた。

「ま、待って!」

笛の演奏から和太鼓に変わり、どんっと大きな音が響き渡る。連続して鳴る音に、私と上谷の声はすぐにかき消された。金魚模様の浴衣と黄色の兵児帯を見失わないように走った。

兄の姿を見つけて追いかけているのかもしれないけど、私たちが見失えばまた迷子になってしまう可能性も高い。

私たちは女の子の後を追いかけて、参道から横道にそれる。

一気に周囲の明かりが減って、お祭りの喧騒から遠ざかっていく。

女の子は地元だから道を知り尽くしているのか、なぜか林の中にどんどん入り込んでいった。

むしろ今度は私たちが迷子になりそうだよ！

「広瀬！　先に行く」

「……そうしてっ！」

くやしいけど、そう答えるしかない。

ヒールのある靴でこんなところを走るのが無茶なだけで、私の足が遅いわけじゃない！　と思いたい。

さらに奥にいくと、地面には切れた太い標縄が横たわっていて、私は一瞬ためらいつつもそこを進んでいった。

「お兄ちゃん、どこぉ」

背の高い木々に囲まれた中に、わずかなスペースがあった。その奥には寂れた小さな祠がある。その前で女の子は泣きながら立ち竦んでいた。

ようやく追いついた私を、上谷がどうしたものかと困惑した表情で見る。

この様子からして、お兄さんはいなかったのだろう。

誰かと見間違えて、追いかけてきちゃったのかな？

「君のお兄さんは俺たちが必ず探してあげるから」

珍しくふわりと柔らかい笑みを浮かべて、腰をかがめた上谷が言った。

うわぁ……こんな表情見せられたら、どんな女も落ちそう。

目の前の女の子でさえ例外ではなかったようで、泣きながら赤くなるという器用な芸当を見せてこくりと頷く。

その直後、上谷に近づこうとした女の子が、少し大きめの石に下駄をとられてつまずいた。

それを庇うために、私と上谷は同時に飛び出す。

けれど、久しぶりに走ったせいで足がもつれて……三つ巴で倒れそうになる。

私と上谷はなんとか体勢を立て直すべく、二人同時に近くにあった祠の岩に手をついた。そのおかげで、女の子に怪我を負わせることは免(まぬが)れたけれど、岩をごろりと倒してしまい……

私たちが青褪(あおざ)めたのは言うまでもない。

その後、私たちは女の子を迷子案内に預け、その足で神社へと謝罪に向かう。

転がった岩は元の場所に置いたけれど、巻かれてあった標縄(しめなわ)は切れていた。

寂れた場所にあった小さな祠(ほこら)でも、素知らぬふりをするわけにはいかない。

事情を知った宮司(ぐうじ)さんと現場へ赴き、「あまりお気になさらずに」というお言葉をいただいた私たちは、一応連絡先を渡して夜遅くに旅館に戻った。

翌日は近場の観光名所を巡った。そして帰る間際、宮司(ぐうじ)さんから慌てたように連絡があったのだ。

あの祠(ほこら)にまつわる『儀式』について大事な話があると。

＊　＊　＊

その夜、私と上谷は神社の社務所内にいた。

隣同士に座った私たちの目の前にいるのは、この神社の宮司(ぐうじ)さん。

挨拶(あいさつ)もそこそこに、彼は和綴(わと)じの古めかしい文献を私たちに見せながら力説する。

「あの祠はどうやら、ある儀式に使われていたもののようらしく……。満月の夜に祠の岩を動かした男女は、次の満月まで毎日接吻をする、それが儀式の内容です。その試練を乗り越えた二人はよき伴侶になれるとあります。昔はこの儀式を行ってから祝言をあげていたようなんです！」

宮司さんの目は細すぎて開いているのか閉じているのかわからないけれど、驚きと興奮具合だけは伝わってきた。

けれど、私はなにを言われているのかすぐには理解できなくて、隣に座る上谷をちらりと見た。

座布団の上で胡坐をかいている上谷は、眉根を寄せて思案している。その横顔は凛々しく、こんな時でもイケメンはイケメンぶりを如何なく発揮しているようだ。

ぽかんと口を開けて思考停止している私とは大違い。

私は意識して慌てて口を閉じると、目の前の宮司さんへと視線を戻す。

「さらに！　祠の岩を動かしたのと同時刻に接吻しなければ災いが起こるのだと、この文献には記載されているんです！」

ほらここ！　と言わんばかりにさらに文献を差し出されたけれど、へびみたいな崩し文字を即座に解読できるわけがない。

「毎晩、同じ時刻に接吻しなければ災いが起こる――ですか？」

上谷は丁寧な口調で宮司さんの言葉を繰り返す。

さっきから「接吻、接吻」って言っているけれど、つまりはキス——

私にはなにがなんだかわかんないんだけど、頭のいいこの男なら理解できるんだろうかと思って、また隣をちらりと見た。

やつは、会社での冷静な態度と変わらず落ち着いているように見える。

私の視線に気づいたのか、ふと男も私を見る。

——接吻だって。

満月の夜だって。

祠の岩を一緒に動かした男女は毎日同じ時刻に接吻する儀式って、なにそれ、おまじない？　ファンタジー？

ばかばかしい。

だいたい私たちは祝言をあげるような仲でもなければ、恋人でもない、ただの会社の同期だよ！

しかも、どっちかっていうと同期のわりに親しくないほうだよ！

儀式なんて、私たちには関係ないよね？

——といった内容を心の中でぶちまけながら、とりあえず上谷に向けてにっこり笑ってみせた。

「私……宮司さんのおっしゃっていることが理解できないんだけど、あんたできる？」

上谷は私を軽く睨んでから、不本意そうに表情を歪めた。

「言っている内容はわかる……だが、俺にも理解できん」

「わかってください！　お二人に関わることなんですよ！　昨夜はちょうど満月だったんです！　祠の岩を動かしてしまったお二人は、これから約一ヶ月、同じ時刻に接吻しなければ災いが起こるんですよ！」

確かに昨夜は満月だった。都会で見る月よりも、はっきりと大きく綺麗だったので、よく覚えている。

そして上谷と私はこの神社の隅っこにあった小さな祠の岩を動かしてしまった。その場所はどうやら立ち入り禁止区域だったらしい。

あの場所に入り込んでしまったのは事情があったからだし、儀式に使われる大事な岩を動かしたことは申し訳ないと思う。

でも……ひっそりと寂れた場所にあった岩に、そんな重要な役割があるとは思えなかったけど。

存在さえ忘れられたような小さな祠だったよ！

「災いとは、どういったものなんでしょう？」

ふたたび落ち着いた口調で、上谷が静かに問うた。

「文献には……災いとしか書かれておらず、また災いの内容は人それぞれだったようです。わかっているのは人の弱き部分……要はストレスのかかりやすいところに災いが起こるとしか……」

宮司さんは、細い目をますます細くして困ったように言った。

どうやらこの宮司さんはまだ経験が浅いようで、さらに頼みの綱の先代は、認知症で施設に入所しているそうだ。

ま、つまり詳しいことは誰にもわからないってこと。

私がそんなことを考えているうちに、上谷はさらりとこの場をまとめてしまう。

「幸いというか、あと数分で昨夜岩を動かしたと思われる時刻がきます。その文献に書かれていることが本当なら、俺たちの身になにかが起こるし、なにもなければ、伝承にすぎなかったと考えればよろしいのではないですか？」

私は内心パニックだけれど、それをこの男の前でさらすのはプライドが許さない。

だから、わかったふりをして深く頷いて同意した。

宮司さんは「いや……でも、文献には……」と、しどろもどろで言うけれど、本人も確証がないから強く言ってはこない。

タイムリミットが迫っている時計を見て、口を結んだ。

祠の岩が何時に転がったのかはっきりとはわからない。でも午後九時前だったことは確かだ。

だからこうして私たちは、その時刻がくるのを待っているんだけど……

「それでは、お二人は接吻はせずに、時がくるのをお待ちになるんですね」

「俺たちは会社の同期なだけで、文献にあるような関係ではありません。不確かな状況で恋人でもない女性に、その……接吻するわけにはいきませんから」

私は、はっとする。

宮司さんからあまりにもファンタジーな内容を聞かされて頭から抜けていたけど、上谷には恋人がいるんだよ！　女子社員が騒いでいたもん。この男が研修から帰ってくるのを待っていたのに、ちゃっかり彼女の座を研修先の女にとられたって！

上谷の恋人については、年上の仕事のできるキャリア女性だとか、癒し系のふんわりキュート女子だとか憶測だけが飛び交っていた。

「私も恋人でもない男性とキスをするのは嫌です」

「ですが……お二人はこの地にご旅行に来られたんですよね？」

「社員旅行です！」

「では、恋人同士ではない？」

「はい」

私も上谷も、声をそろえて負けじと否定する。

すると宮司さんは不安げに呟いて、柱にかかっている時計へと視線を向ける。

「恋人同士でない……なら、大丈夫なんでしょうか？」

午後九時前後になにも起こらなければいいのだ。

私たちは緊張しながら時がくるのを待った。


そして現在——午後九時……二十秒経過。

「なにも起きませんね」

「大丈夫そうですね」

「起きないようですね……ですが」

上谷、私、宮司さんが順に口にした。

私は肩から力を抜いて、ほっと息を吐く。

ほらねー、やっぱり迷信だよ。

キスしなきゃ災いが起こるなんて迷惑だし、その儀式とやらにどういう意味があるのかもよくわからない。

次の満月まで毎日キスするぐらい、結婚予定の恋人なら楽勝なんじゃないの？

どこが試練なんだか。

「文献に書かれていたことは……祝言を滞りなく行うために災いが起こると思わせた

かったのかもしれませんし、祠に近寄らせないためもあったのかもしれません。なにも起こらなかったことを、よしとしましょう」

やっぱり上谷がさらりとまとめた。

文献の真偽には触れず、さらっと流したよ。

「そう、ですね……何事もないのが一番ですね」

宮司さんは安心したような不思議に思っているような微妙な顔をしながら呟いた。

「こちらこそ、ご迷惑をおかけしました。いろいろ調べてくださり、ありがとうございました」

うんうん。

元はといえば私たちのせいだし、丁寧に文献を調べてくれた宮司さんには感謝だよね。

今回のことで唯一わかったのは、上谷に近づくとロクなことがないということだ。

私にしたら貴重な週末を、一泊二日の社員旅行と文献検証に費やす羽目になったこと自体が試練だよ。

ずっと正座していたから足も痺れちゃったし。

――座布団から立ち上がって、お暇しようとした時だった。

「待て。広瀬」

「んー」

「まだ九時になっていない」

いや、時計はもう九時を回っているじゃん。なに言ってんの？

そう思いつつ、上谷が私の目の前に自身のスマホを差し出す。

そこには午後八時五十七分と表示されている。

「あっ、そういえばこの社務所の時計は、三分早く設定していました‼」

はあ？　なにそれっ‼

「す、すみません！　気が動転していて、すっかり忘れていて」

私は壁の時計と、上谷のスマホを見比べた。

壁の時計の秒針が、ちょうど十二の位置にくる。上谷のスマホも数字が変わる。

スマホの表示を信じるなら、時刻は――

午後八時五十八分。

その途端、ふっと息が苦しくなった。

さっきまでと同じように呼吸をしているつもりなのに、酸素がとり込めない。

吐くことはできるのに、うまく吸うことができないのだ。

まるで水の中にいるような――感覚。

「本当にすみません‼」

宮司(ぐうじ)さんが恐縮したように頭を下げ、上谷が穏やかに対応している。

「大丈夫ですよ。九時まであと数分のようですから、もう少し待ってみましょう」

――え？　呼吸がおかしいのって私だけ？

自分の勘違いかもしれないと、もう一度息を吸う。

でも入ってこない。

私は、はっ、はっ、と短く息を吐き出した。

まるで過呼吸のようだ。

「広瀬？」

私はぎゅっと胸元を掴んだ。

自分の身になにが起きたのかわからなくて、心臓がばくばくしている。

息が苦しくて、私は体を丸めた。

「広瀬！　広瀬！　どうした！」

「あの！　どうされました？　どこか具合でも悪くなったのですか？」

焦る上谷の声と、おろおろした宮司(ぐうじ)さんの声が聞こえる。

私の体を支えて、上谷が顔を覗(のぞ)き込んできた。私は息が苦しくて、言葉を発することもできない。

なんで！　なんで息ができないの！　病気？

酸素！　酸素ちょうだい！

なんでいきなりこんなことになったの⁉

それとも、まさか、これが——‼

「広瀬！　息ができないのか？」

私は涙目になりながら、とにかく頷いた。

水の中じゃないのに溺れているようで。でもそんな自分の状況さえ伝えられない。

「まさか、これが災い⁉」

「災いとか言ってる場合じゃないでしょう！　こんなの！　下手したら彼女の命が危険だ」

「じゃあ、救急車ですか⁉」

「わからない！　わからないけど！」

上谷が声を荒らげていた。

会社ではどんなトラブルが起きたって、いつも冷静で悠然としている男の珍しい姿だ。

「災いを回避する手段はキスでしたね……キスすればいいんですよね！」

「え？　はい、あの、でも」

「それでダメなら救急車を呼んでください。広瀬、緊急事態だから！　ごめん！」

うん！　もうなんでもいいよ！　息ができるなら！　だって苦しいんだもん！

苦しい！　苦しいよ！

息ができないのに口を塞がれるなんて変な気もするけど！

もうなんでもいい！

上谷の手が私の頬に触れ、そしてそっと唇が合わさった。

それは一瞬のささやかな触れ合い。

キスとも呼べないような唇同士の接触。

上谷とキスするなんて思いもしなかった。

でも――息はできるようにはならなくて、私は口をぱくぱくさせるだけだった。

なんで⁉

「キスすればいいんじゃなかったんですか！　なんの変化もないじゃないですか！」

そうだよっ！

「あ、いや、えーと……接吻による体液の交換。そう、文献には体液の交換とあります！」

ほら、ここっ！　と見せられても、そんなの確認する余裕はないよっ。

「はあ？　それを早く言ってください‼」

なんでもいいから！　救急車を呼ぶなり、助けるなり、早くして！

でないと……息が苦しくて視界が……もう。

意識がブラックアウトしかけた時、上谷にぎゅっと体を抱きしめられる。唇にふたたび柔らかいものが触れて、口内になにかが侵入した。

ぬるりとした感触を受け入れると、鼻からすっと酸素が入ってきた。

どうやらこのぬるりとしたものに触れている間は、息苦しくならないようだ。

私はもっと楽になりたくて、口の中に入ってきた柔らかいものを飴玉(あめだま)のように舐(な)め回す。

するとやはり、だんだん息がしやすくなってきた。

溺れかけていた水の中から、ようやく助け出された気分。いや、溺れた経験はないけど。

やっと息ができる。酸素が入ってくる。

それでもまだ落ち着かなくて、必死でそれを舐(な)めた。舐(な)めていると、鼻からどんどん酸素が入ってくるのだ。

肺を酸素で満たしたくて、私は飴玉(あめだま)を舐(な)めた。飴玉(あめだま)にしてはやけに柔らかくて時々、意思を持っているように逃げていくけれど、必死にそれを追いかけた。

ダメだよ！　まだ足りない。呼吸が落ち着かない。

ものすごく苦しかったんだから、あんな目にはもうあいたくない！

舐(な)めているうちに溢(あふ)れてくる唾液(だえき)を、こくんこくんと呑む。

鼻での呼吸が落ち着いてきて苦しさが和(やわ)らぐと、私は舐(な)めても舐(な)めても小さくならない飴玉(あめだま)を逃がしてあげた。

うーん、飴玉(あめだま)というよりグミかな、なんてことを考えながら。

そうして目を開けたところ、至近距離にイケメンのドアップがあった。

驚いて思わず瞬きをする。

涙目でぼやけていた視界に不安げな上谷の顔があって、私は嫌な予感を覚えながらも
「かみ、や？」と呟いた。

なぜか舌ったらずな口調になった。

「大丈夫か？　息は？　苦しくないか？」

気づけば上谷の腕に支えられていて、私はゆっくりと体を起こす。さっきまでの苦しさが嘘のように、呼吸が楽だ。

「広瀬。大丈夫か？」

確かめるように少し強い口調で聞かれる。

「う、ん。大丈夫」

「……よかった。焦った」

「よかった……よかったです」

宮司さんの涙声を聞き、私は今ここがどこで、どんな状況だったかを思い出した。

「本当によかったですー。もう少しで救急車を呼ぶところでした」

そうだ、ここは神社の一角。

床にはさっきまで宮司さんが大事に抱えていた文献が落ちている。

理解できなかった文献の内容の一部が、嫌でも理解できた。

災い……そして、接吻。

「……祠のせい、なの？」

あの伝承はファンタジーじゃないの？　ただの迷信じゃないの？

「信じたくないけど……可能性はある」

上谷が神妙な顔つきで呟くから、真実味が増した気がして嫌になる。

「キス……した？」

「キスというか……接吻による体液の交換だ、察しろ」

ああ、ただ単に唇を合わせただけじゃダメってことか。

つまり、ディープキス……

え、次の満月まで毎日同じ時刻にディープキスをしろってこと？

よりによって上谷と⁉

「今日は広瀬の体調がたまたま悪くなっただけなのか、祠の災いのせいなのかは、明日も同じことを試せばわかる。検証──するか？」

「検証する意味はある？」

「……わからない。現時点で確かなのは──おまえが呼吸困難を起こし、それが接吻で落ち着いたということだけだ」

そう。

この出来事が災いのせいなのかどうかは、わからない。

上谷の言う通り、救急車を呼ぶことなく落ち着いたのはこいつのキスのおかげ。

それは確かな事実。

「次の満月まで毎日同じ時刻に接吻を交わせば、災いは消えるはずです」

宮司さんは文献を手にすると、どことなく朗らかな声でなんでもないことのように言った。

私と上谷は顔を見合わせて、互いに深くため息をつく。

午後八時五十八分。

それが、私たちがキスをしなければならない時刻。

こうして次の満月まで毎晩、私たちは『儀式』を行う羽目になったのだった。

＊　＊　＊

『今夜どうする？』

『どうするってなにが？』

『待ち合わせ場所と時間だ』

『考えとく』

メッセージの字面だけ見れば、恋人同士のやりとりにも見えなくはない。

私の心情は、ものすごくそこからかけ離れているけど。

「珍しいー、真雪がスマホを手放さないなんて」

昼食のトレイを手にした友人の南環奈が目敏く見つけてきた。

週はじめの月曜日、今日の社食の日替わりメニューは鉄分補給ランチのようだ。

私はミニバッグにスマホをそそくさと放り込む。

大手総合商社の社員食堂は、どこぞの設計士がデザインしたとかで社食というより、まるでカフェだ。

実際、入り口は別だが社員以外の一般の人も利用可能となっている。メニューも豊富でコスパもいいのでランチタイムは盛況だ。

「それで、神社のほうは大丈夫だった？」

そうだよ。

環奈だってあの場にいたのに、一人迷子案内を探しにいったりするから、私が……

八つ当たりしたくなったけど耐える。今は正直それどころじゃない。

「まあ大丈夫と言えば大丈夫で、大丈夫じゃないと言えば大丈夫じゃない」

「なにそれ」

環奈は「いただきます」と手を合わせると、ひじきの煮物に箸をつけた。

「あのさ、男女が二人きりになれる場所ってどこ？」

そう、目下、急を要する課題はそれだ。

私は今夜八時五十八分に、上谷とキスをしなければならない。それもディープキスだ。

一応、今夜二人で再度検証予定だけれど、それをどこで行うかが問題だった。

――冷静に考えるといろいろ大変なんだよ。

「んー、互いの部屋か、そういうホテルじゃないの？」

ランチタイムであることを考慮して、環奈が小声で答えてくれる。

そうだよね。部屋かホテルが一番安全だとは思う。

でも上谷を部屋に呼びたくもないし、自分も行きたくない。ホテルなんて、もってのほかだ。

「なに？　男と逢引でもするの？　えー、真雪いつの間に彼氏ができたの？」

「違う。そういうわけじゃない」

「ふーん。あー、学生時代はデートにカラオケボックスとか使っていたかな」

カラオケボックス！

いいこと聞いたと思ったけど、それは顔に出さないようにした。

有能な秘書様に気づかれると面倒なことになる。絶対、おもしろがられる！

次の満月まで毎日同じ時刻に上谷と接吻(せっぷん)しなきゃいけなくなったなんて……絶対知られるわけにはいかない。

環奈は総務部秘書課、そして私は企画部、上谷は営業部だ。

当然、仕事が終わる時間はそれぞれの部で違う。

だから午後八時五十八分という時刻は、私にはかなりネックだった。

私は残業がなければ大抵その時間は家で寛(くつろ)いでいる。夕食とお風呂を終えてドラマを見たり、インターネットをしたり、時には晩酌したりしている。

なのに今日から一ヶ月は上谷と会うために、また外に出なければならない。

それが次の満月まで毎日続くのだ。残業とか出張とか……なにより週末をどうするのか。

考えれば考えるほど、宮司(ぐうじ)さんの言っていた「試練」という言葉の意味が身に染みてくる。

「試練」だよ！　まさしく。

そのあたりのことも上谷とは相談する必要がある。

「そういえば、気をつけなさいよ。社員旅行で真雪と上谷が一緒に消えたって噂になっているから」

社員旅行中のトラブルだったから、上司に説明しておく必要があった。そのため、二人で外出したことをみんなに知られたのだろう。もっとも、真実は迷子への対応をたまたま二人でしただけなのだけれど、相手が上谷であったせいで勘繰られてしまう。

あいつって、やっぱり私にとって疫病神⁉

「面倒くさい。あの男と関わると本当に碌なことがない」

「真雪は上谷に近づかないようにしているわりには、なにかと関わっちゃうねー。因縁でもあるのかな」

何気ない環奈の言葉に私はごほごほむせながら、否定した。

因縁なんていらないー‼

＊　＊　＊

その夜、私は約束の時刻より少し早めにカラオケボックスに入った。

一度家に帰って食事を済ませ、ラフな格好に着替えてやってきた。お店の人には後から人が来ることを伝えて先に部屋に入る。

テーブルの上のマイクを見ると、カラオケする気分じゃないけど大声で歌いたくなる。いや大声で叫んでやりたい。

私はウーロン茶を頼んでから、テーブルの上にプリントアウトしたカレンダーを広げた。

このカラオケボックスは私の住むマンションの最寄駅のすぐそばにある。上谷に待ち合わせ場所をカラオケボックスにしようと提案した時、あいつがこの駅を指定したのである。

会社近くは避けたいし、互いの住んでいる場所の中間地点には残念ながらなかった。結果、時間帯を考慮して、私が行きやすい場所にしてくれたのだ。

そういうところ、やっぱりできるんだよね……

同期だから、私はあの男の優秀さを知っている。

でも同期だからこそ、その優秀さが嫌いだ。

新入社員研修のレポート発表の結果は、上谷がトップ、私が次点だった。

二年目の研修企画案も上谷のが採用されて、私は落選。

三年目に実施される、地方や海外を回る半年間の研修参加は出世コースに乗るための必須条件のようなもので、キャリアアップを目指す私には大事なものだった。

それだって、選ばれたのは上谷だ。

私にとって目の上のたんこぶのような存在、それが上谷理都だった。

環奈なんかは『上谷をライバル視するなんて真雪ぐらいだよ』と言うけれど、いつも目の前をちらちらされれば誰だってうざいはずだ。

因縁があるなんて否定したいけれど、事実なにかと因縁がある。

今回の件はその最たるものだ。

よりによって、上谷とキス！　違った。接吻による儀式！

憂鬱でたまらない。

「とりあえずしばらく出張は入らない。大きな企画が終わったばかりでよかった。残業も調整ききそう。問題は……ここだよ」

私はカレンダーに次の満月までの自分の予定を書き入れていた。

憂鬱だろうがなんだろうが、対策は練る必要がある。

ここに上谷の予定を加えてもらって、どうやってこの期間を乗り切るかを考えないといけないのだ。

儀式の期間が終わるはずの最後の週末に、私は学生時代の友人との温泉旅行を予定していた。

なかなか予約の取れない高級旅館で、半年前の予約開始日の開始時刻すぐに電話を入れてようやく確保した宿なのだ。

この旅館をキャンセルするのは嫌だー。

「ここは上谷と要相談ね」

あとの週末は、悲しいほど特に予定はない。

恋人のいない二十六歳の女子なら、きっとみんなこんなもんのはず。

軽いノックと同時に上谷が扉を開けて部屋に入ってきた。

「悪い。遅くなった」

「お疲れー」

「……広瀬、家に帰ってからきた？」

「夕食も済ませました。そういうあんたは今まで仕事？」

上谷はまだ会社仕様のスーツ姿だ。手にはビジネスバッグを持っている。

「ああ」

「夕食は？」

「食事は済ませた。おまえもスケジュール確認していたのか。こっちは俺の」

「ん、記入するね」

あまり認めたくないけれど、私と上谷はたぶん感覚が似ている。

新入社員研修でもこの男と同じグループになったことがあって、その時にも思った。

合理的に無駄なく効率よく行動したい性格……なぜならそのほうが楽だから。

——っていうか、考えても無駄なことに頭を使いたくないんだよね、たぶん。

上谷はスーツの上着を脱ぐと、私と同じようにウーロン茶を注文して、それから椅子に座った。

　そしてテーブルの上にごつい腕時計と、ストップウォッチとスマホを並べて置く。

「なに、これ」

「電波時計仕様の腕時計。それから……まあそういう時間がどれだけ必要なのか計るためのストップウォッチ。スマホもタイマー設定してある」

　仕事できすぎだよ、上谷。

　気が回ると褒めるところなんだろうけど、できすぎていてなんか嫌……

「本当に祠のせいだと思う？」

　こうしてスケジュールを確かめてはいるものの、正直私はまだ疑っていた。

「おまえは今夜も検証する気？　儀式をしないと息ができなくなるかどうか」

「する。だってありえないでしょう！　ファンタジーじゃないんだよ！　なんであんな岩に、そんな力があるのよ！　昨夜のだって偶然……だと思いたい」

　う、語尾が小さくなってしまった。

「俺はいいよ。もしかしたら今夜息ができなくなるのは俺かもしれないし、なにも起こらないかもしれない。俺だって正直、混乱している」

「冷静にこんなもの準備しておいて!?」

「備えあれば憂いなしだ」

なんか違うー。

「広瀬、おまえ彼氏いるの？」

はあ？ あんたにそんなの関係ある？ と普通なら言っているところだ。

でも、今の状況ではどういう意味で聞かれているかはわかる。

「いない！ あんたは……いるんだよね？」

噂は聞いている。でも真実かどうかは不明だ。いつもならあえて確かめたりしないけど、今回に限っては聞かないわけにいかない。

「ああ、いる。噂は聞いているんだろう？ 遠距離だけど――」

ああ、やっぱり噂は本当だったか。

上谷は少し前まで半年間、各地の研修先をぐるぐるまわっていた。

そこで恋人まで作ってくるとは……やっぱりむかつく！ リア充爆発しろ！

「どうするの？」

「なにが？」

「もし……その、毎晩アレしないといけなくなって、その……彼女に説明」

上谷相手にキスとか接吻とかいう単語を言いたくなくて濁す。

でも、きっとそこは重要なところだ。

「おまえが彼女ならどうしてほしい？ 祠の岩の災いのせいで次の満月まで他の女と

毎晩キスしなければならなくなった。そう正直に聞かされたいか？」

私は想像してみる。もし自分の彼氏が同じ立場になったとして、正直に話してほしいかどうか。

たとえそこに気持ちがなくても、災いを避けるためだとしても、自分以外の女とキスをする。

それもディープキスを毎晩だ。

仕方がないって割り切れる？

知らされたほうが、むしろ不安になるんじゃない？

遠距離だったらなおさら……きついんじゃない？

でも、彼女に内緒で他の女にキスするの？

それって浮気じゃないの？

え？　もしかして私が浮気相手？

バレたら刺されたりするんじゃ……

「……期限があることなら、知らないほうがいい、かも」

保身も兼ねて、私は卑怯な答えを口にした。

かなりずるい考え方だけど、こういう状況だとなにが正解かなんてわからない。

「俺も、できれば言いたくない」

上谷がふと視線を落として物憂げに呟く。

この男は確かにモテるけれど、とっかえひっかえ女遊びするタイプじゃない。新入社員研修の時も確か大学時代から続いている彼女がいると言って、周囲を牽制していた。その彼女と別れたらしいって噂が広がった後は、猛者たちにアプローチされて騒がれていろいろ大変そうだった。

私は当時、この男には恋人がいてくれるほうが、周囲も巻き込まれなくて助かると思ったものだ。

──彼女に伝えれば……私たちの罪悪感は軽くなるかもしれない。

けど、彼女にしてみたら、ただ不安になるだけだ。

「第一こんなこと話して信じてもらえるとも思えないし、事情がわかったからって納得できるものでもないだろう。卑怯だと思うか？」

「他人事なら卑怯って言いたいけど……今回はわかんない」

私はウーロン茶をストローでずずずっと飲んだ。あえて音をたてたのは、この場の空気を変えたかったから。

「ところで上谷はこれからの一ヶ月、出張とか週末の予定とかはなにもないの？」

渡されたスケジュールは仕事のものばかりだ。こいつは営業部なので夕方からの打ち合わせがいくつか入っていた。でもタイムリミットには間に合いそうな時間帯だ。

「出張は今のところ予定はない。入らないよう交渉する。仕事も調整して残業時間はコントロールする。週末は二週目に……会う予定だった」

ああ、遠距離の恋人に会う予定――それは大事だ。私の旅行と同じぐらい。

「久しぶりに会うんだよね？　会いにいくほう？」

「ああ」

「どこ？」

「京都」

それはまた……気軽に行けないところですね、上谷くん。

「もしかしてキャンセルするつもりとか？」

「そうせざるを得ないだろう」

え？　久しぶりの恋人との逢瀬をキャンセルするの？

もしかして私も旅館をキャンセルしないといけない？

「なんか方法ない？　せっかく恋人と会うんだもん。その時間帯だけ少し抜けて……ほら、彼女をこっちに呼ぶとかさ。あ、なんなら私が京都に同行してもいいよ」

懐具合は寂しくなるけど、できなくはない。互いに協力は必要だろう。

「それで……この四週目の週末のおまえの旅行先に、俺もその時間だけ行けばいいわけ？」

上谷は私がカレンダーに書き入れたものを見て、呆れたように言った。

私が譲歩した理由をそこだと見抜くあたり、やっぱり鋭くて嫌なやつだ。

「恋人と過ごしているのに……この時間だけ抜けるのか？　そしておまえとキスをして、また何事もなかったように恋人に会うのか？　おまえ、そんなことできる？」

口調に蔑みも混じり始めて、私はぶんぶんと首を横に振った。

恋人とのデート中に抜けて、他の女とキスをして、素知らぬふりをして戻るなんて、どこの最低な二股野郎だ！　ですね。

それに午後八時五十八分なんて、恋人と優雅にディナー中か、下手したらいちゃつきタイムの最中だろう。

「今夜の状況次第で――考える」

「そうだね」

気づけば、スマホの時計は問題の時刻の三分前を示していた。

「本当にもう一度検証するんだな？」

「する」

「キスするんじゃなく、もう一度様子を見るんだな？」

「そうだよ」

昨夜はたまたま私の体調が悪くなっただけかもしれないでしょう！

儀式の話を聞いた後だったから、キスで楽になった気がしただけかもしれないし！

なにも起こらない可能性に、一縷の望みをかけたい。

「昨夜みたいに苦しむのはおまえかもしれないんだぞ、いいのか？」

「今夜は上谷かもよ」

「……その場合、おまえから俺にキスすることになるな」

私はじろっと上谷を睨む。キスするのもされるのも避けたい相手なのだ。

どちらにしろ、試練だよ。まさしく！

上谷が腰を浮かせて私の隣に座った。

「なんでっ！」

「離れていちゃキスできない」

「キスキス言わないでよ！　あーもう、なんだってこんなことになったのよ！」

――あの夜は本当に、とても綺麗な満月だった。

夜空にぽっかり浮かぶ丸い月。

空気が澄んでいたせいか、銀色の輪郭がくっきりしていて、環奈と一緒に『綺麗だねー』って言った。久しぶりに夜空なんか見上げたよって笑った、いい思い出だったのに。

なのに！

ブブブッとスマホのタイマーが、その時刻を示す。

瞬間、私はやっぱり酸素を吸えなくなった。

「広瀬！」

なんで！

なんで私だけが苦しくなるの？　なんで上谷は平気なの？

「広瀬！　やっぱり息ができないのか!?」

上谷の言葉に、私はなぜか反射的に首を横に振った。そして思わず上谷から距離をとる。

やだっ！　やだよっ！

昨夜は急なことに驚いて苦しくて、だから藁にも縋る気持ちで上谷のキスに応じた。

でも今夜は違う。

昨夜のようなキスが必要だって知っていて、冷静にその時刻を待っていた。今からどんなことをするか、容易に想像がついてしまうのだ。

唇が触れる程度のキスならまだ耐えられる！

でも顔見知りとはいえ恋人でもない男と、それも彼女のいる男とあんな深いキスをするのはやっぱり抵抗がある。

「やっ！」

かすかに声が漏れた。でもそれ以上は、私は息が苦しくてなにも言えない。

「広瀬！」

私は泣きそうになりながら、首を何度も横に振って拒否を示した。

「広瀬！　嫌なのはわかる。でも、このままじゃおまえ――」

なんで、なんで！

なんで上谷は平気そうで、私だけがこんな目にあうの！

災いが降りかかっているのは私だけじゃない！

ぐいっと腕を引かれて、私は上谷に強く抱きしめられた。逃げたいけど、息が苦しくて動けない。

「広瀬、ごめん！」

上谷は片手で私の頭を支え、息のできない私の唇を塞いだ。

その瞬間、鼻から酸素が入ってくる。

昨夜よりは冷静に、私は上谷の舌を自分の口内に受け入れていた。

少しゆっくりと優しく探る動きで、私はこいつの戸惑いを感じ取る。

キスをされるほうも嫌だけど……するほうも嫌なんだよね。

恋人でもないただの同期の女に、舌を絡めて唾液を与え合うキスなんて本当ならしたくないはずだ。

だからか、上谷はすぐに私から唇を離した。

離された途端……私はまた息が苦しくなる。

「広瀬……息できるか？」

――あれぐらいの短時間のキスじゃダメみたいだよ、上谷。

私は肯定も否定もせず、ただ上谷を見つめた。

「やっぱり、か。広瀬……楽になったら教えろ。それまでキスを続けるから」

上谷はストップウォッチを操作して、ふたたび私の唇に覆いかぶさる。私はもう抵抗する気力も失せて、体から力を抜いた。

舌を絡めることで唾液が行きわたるのか、その間は鼻呼吸ができる。

でも少し離れられるときつくなって、私は仕方なく自分から上谷に近づいた。

口で楽に呼吸ができるまでは、どうやら上谷のキスが必要なようだ。

長いのか短いのかわからないキスをして、落ち着いた頃、私は上谷の胸をそっと押して離れた。

きちんと息ができることに、ほっとする。そして唾液で濡れた唇を拳で拭い、テーブルの上につっぷした。

やっと呼吸が落ち着いた安堵の上に、惨めさと羞恥が積み重なっていく。

とりあえず疲労困憊。

時間をおかないと、上谷の顔を見るのももう嫌だ。

「……約一分」

上谷が、ぶっきらぼうに告げた。

キスの時間としてそれって短いの？　長いの？　いや恋人同士なら、あっという間かもねー。

「広瀬、大丈夫か？」

「大丈夫じゃない。いろんなものが削られた」

そう言うと、ぽんぽんっと優しく私の頭に触れる手があった。

むかつく、むかつく！　なんだって私が上谷なんかに慰められなきゃならないの？

なんでこんなことになっちゃったの!!

改めて祠の災いとやらを認めざるを得なくて、それは昨夜より深く、私の精神をがりがりと削る。

「どうやら、信じたくはないけど祠の災いは本当のようだな」

うん。そうだね。そして苦しくなるのは私だけみたいですね。

私は、じとっと上谷を睨んだ。この男のせいじゃないけれど恨みたくなる。

――満月の夜、祠の岩を動かした男女は次の満月まで毎晩キスをする。

そうすればよき伴侶になれる。

つまりはよき伴侶になるための『儀式』だ。

恋人同士の男女にとっては……試練とはいえ楽勝な『儀式』なのかもしれない。

でも私たちにとっては、はた迷惑な『儀式』だ。

「それで、こうして毎晩カラオケボックスで待ち合わせする気なのか？」

私が落ち着いた頃を見計らって、上谷がそう切り出してきた。

「他にどこかある？」

私は投げやりに聞いた。

こんな中途半端な時間に、約一分ほどのディープキスをする場所が他にある？

会社？　ホテル？　公園？

「おまえの家は？」

「却下！　絶対嫌！」

「じゃあ、うちに来るか？　俺が広瀬の家に行くほうが負担にならないと思ったけど。俺はどっちでも構わない」

「どっちも嫌！」

上谷は会社の同期だ。プライベートでの私たちの関わりは一切ない。

そして今後も、私はあまり上谷と深く関わりたくはないのだ。

大半の女の子たちは上谷に近づきたいようだけれど、私は違う。

「あんた恋人がいるんでしょう！　恋人以外の女を自分の部屋に連れ込むんじゃないわよ！　私だって、ただの会社の同期を部屋に入れたりしたくない」

「広瀬……冷静に考えろ。毎晩お金を払ってカラオケボックスを使うのか？　キスのためだけに短時間借りる客が毎晩来るんだ。どんな噂をたてられるか、わからないぞ」

「なんであんたはそんなに冷静なのよ！　わかっているわよ、そんなこと。お金だってもったいないし、毎晩来ればおかしな客だって思われる。どっちかの家が一番安全だとも思うよ！　でも、でも……」

　上谷はじっと私を見た。

　本当に、こんな状況になっても落ち着いて冷静に対処するこいつが腹立たしくてならない。

　そして私はこの男のキスがないと、おそらくこれから次の満月まで毎晩苦しい思いをするのだ。それもくやしい！

「広瀬が俺に対して……まあ、あまり好意的な感情を抱いてないのは知っている。俺だって冷静なわけじゃない。こうなった今でも災いのことを信じ切っていない部分もある。だが現実、この時間におまえは二晩連続で呼吸困難に陥った。だったら、できうる対処を考えるべきだ」

　そう、私があんたに対して好意的でないことには気づいていたんだ……と思った。

　けれど、そこはスルーする。

　そして、くやしいことに、この男の言ったのが正論だということもわかっている。

でも理解できるのと、感情は別なんだよ！

「私の家は嫌」

「行き帰りの負担を考えると、おまえの家が一番いいんだぞ。……まあ、でもわかった。場所は俺の家にしよう」

上谷はそう言うと、ビジネスバッグから住所を書いたメモと自宅のものらしい鍵を取り出した。

用意周到にもほどがある。

ていうか、これは超プレミアな鍵だよ！　だって上谷の家の鍵！　オークションに出せば高く売れそうな代物だよ。

実は私は、男の家の鍵を手にするのは初めての経験だ。

その相手が上谷になるとは誰が想像しただろう。掌にのせられたそれを、じっと見てしまう。

「私に鍵を渡すってことは、勝手に入っていいってこと？」

「ああ。なにかあった時に慌てたくない」

ふうん、こいつはいつ他人に部屋を見られてもいい状態なんだ。私は無理。汚くはないと思うけど散らかっている。

「恋人と鉢合わせしたらどうするの？」

「彼女には渡してない」

その言葉に、私はどっと疲れを感じた。

今回の件での一番の被害者は、きっと上谷の恋人だ。

彼氏の部屋の鍵はよく知らない女に渡り、さらに次の満月までの約一ヶ月その女と毎晩キスをする。

「ごめん……彼女に申し訳ないね」

私が悪いわけじゃないけれど、それでもうしろめたさがじわじわと襲ってきた。

「今回の件は、誰が悪いわけでもない。事故みたいなものだ。当事者の俺たちだって納得できない、わけのわからない状況だ。だからおまえが気にすることはない。それに……」

上谷はそこで口を噤むと、眉根を寄せて考え込む。

「それに？」

言いかけておいて黙られると気持ち悪くて、私は先を促した。

「おまえが罪悪感を抱いているようだから言うけど……恋人とは、その、今微妙なんだよ」

「微妙？」

上谷が、察しろよとでも言いたげに睨んできた。

私は私で男らしくはっきりしなよという気持ちを込めて睨み返してみる。

「別れ話で揉めている最中だ」

「え？　なのに京都まで会いにいく予定だったの？」

「だからいくつもりだったんだよ。きちんとするためにな」

ああ、そっち。

まあ、電話やメールで済ませずに、顔を見てきちんと別れ話をしようと考えるあたり誠実とも言える。

「……だったらなおさら、それをキャンセルするのって、大丈夫なの？」

「さあな。とりあえず祠の災いは今日も起きたんだ。おまえとこういう状況に陥った以上……別れ話を先延ばしにするのは、いろいろと面倒なことになりそうだ」

私は、なんとなく複雑な気分になる。

上谷に恋人がいるのに、こういう関係になるのは当然申し訳ない。

でもこのタイミングで上谷たちが別れるのも……今回の件のせいみたいで、どっちにしても申し訳ない。

いつから上谷たちが微妙な関係だったのかは知らないけどさ。

「京都行き……必要だったら付き合ってもいいよ」

「……ああ、まあそれは俺が考えるよ」

上谷は疲れたように言うと、ため息をついて肩を落とした。

＊　＊　＊

広瀬真雪と俺——上谷理都は同期だ。

会社の部署が違うため、普段の仕事ではあまり接点はない。

けれどこの会社は同期入社同士を競わせることで、社員のスキルアップを狙っているらしく、なにかと関わりがある。

俺と広瀬はその中でも、犬猿の仲のような、ライバル関係のような位置づけにあった。

脇まで伸びたふわふわの明るいこげ茶色の髪、やや釣り目がちだけど二重のくっきりした大きな瞳。かわいらしい感じの服装をしているので、見た目だけなら男受けする女だ。

仲のいい秘書課の同期が綺麗系ということもあり、二人並んでいるとそこそこ目立つ。

だが広瀬は同時に、口を開くとダメなタイプの典型とも言えた。

広瀬はキャリア志向のようで、頭の回転が速く弁が立つ。器用に立ち回って、難なく仕事をこなしていく。企画会議でも先輩社員相手に堂々と反論する度胸もあった。

そしてなにより気が強い。俺のことも、いつもなんとなく威嚇してくる。

さっぱりしているから女友達にはいいけれど、恋人にするにはかわいげがないというのが同期男性社員の共通見解。広瀬真雪は観賞用の女だと社内の男には認識されていた。

俺自身は広瀬に対してなにかを思ったことはない。ただの同期で、それ以上でも以下でもない。

むしろ俺に興味がないから安心という点で、関わるのは嫌じゃなかった。

向こうが嫌そうだったから、あえて俺から近づきもしなかったが。

社員旅行で訪れた地で——こんな事態に巻き込まれなければ、顔見知りの同期程度で終わっていた相手だ。

俺たちに災いが降りかかり、今日で一週間。最初の休日を迎えた日曜日の夜、俺は広瀬のスーツケースを車のトランクからおろして、不満げに先を歩く広瀬の背中を追った。歩くたびに、ふわふわの髪が左右に揺れる。あれをツインテールに結んだら、まるで我が家にいるトイプードルみたいだ。

俺は実家で飼っている愛犬を思い出す。

俺が家を出てから飼い始めたせいか、実家に帰ると俺にはいつもキャンキャン吠えてくる。ついでに吠えながら逃げていく。帰省するたびに顔を合わせているはずなのに、物覚えが悪いのか、はたまた俺が嫌いなのか。

広瀬はその愛犬によく似ている。

うーっと俺を威嚇するくせに、そそくさと逃げるところも。

キャンキャン吠える割に迫力がないところも。

広瀬は俺の部屋の前まで来ると、往生際悪く俺を見た。

仕事は割り切って要領よくこなせるのに、こういうことは下手らしい。

鍵は渡してあるのだから開ければいいのに、俺が一緒だといちいち気にして自分ではしない。

「広瀬、鍵開けろ」

「ねえ……やっぱり」

「しつこいぞ。いい加減、諦めろ」

「だって！」

広瀬は怒っているような、困っているような、泣きそうな表情をした。

会社では多分見せない、彼女の弱い部分。

本当にうちのトイプードルにそっくりだ。

構い倒して虐めたい気もするし、放置して油断させて、隙をつくのも楽しそうな気もする。

俺は仕方なくポケットから鍵を出してドアを開けた。広瀬にドアを押さえさせて、彼女の私物が入ったスーツケースを室内に運び入れる。彼女の手にも大きめのボストンバッグがあった。

「ここを使え。内鍵もつけたから」

俺は玄関わきにある個室へと広瀬を案内した。

角部屋のため小さなベランダもあるから洗濯物も干せるはずだ。クローゼットも残りの期間使う分には余裕があるだろう。

あの祠(ほこら)の岩を動かした日から、すでに一週間が経っていた。

今日になるまで、広瀬はかなりもがいていたと思う。

カラオケボックスに行った翌日から、俺たちは俺の部屋で儀式とやらを行(おこな)っていた。

広瀬は一旦自分の部屋に帰ってからここへくることもあれば、会社帰りに寄ることもあった。

けれど広瀬の家と俺の家は会社を挟んで逆方向にある。

俺の家のほうが会社には近かったから、会社帰りに寄るのはよくても、そこから家に帰れば遅くなる。

それが連日続くのだ。限界がくるのは目に見えていた。

そんな日々は、俺にとっても負担だった。

さすがにキスをした後一人で帰すわけにもいかず、広瀬は嫌がったけれど、俺が車で部屋まで送った。

午後九時前後の時間帯というのは、毎晩行き来するには双方に負担が大きかった。

だから提案した。

期限まで同居しようと。

広瀬は恋人との同棲経験がなかったようで、最初かなり抵抗を示した。彼女が考えうるあらゆる言い訳を並べ立ててきた。

でも俺は、それをことごとく論破した。

俺だって恋人でもない女との同居に無理があることは承知だ。それでも、互いが望まずともベストな方法だとも思った。

それに、広瀬はわかってないのだ。

最初の夜……彼女が苦しむ姿を目の当たりにして、俺がどれほど衝撃を受けたか。

あいつはキスされて助かったとしか思っていないようだけれど、俺は本気で彼女の命が危ないのではないかと心配でたまらなかった。

青白い顔で胸元をぎゅっと握り、泣きそうになりながら唸る。

声を出すことも、動くこともできない状態に陥る。

それを救えるのは俺だけだ。

あの症状がキスで落ち着くのだとわかっている今でさえ……もしキスで落ち着かなかったらどうなるんだと不安がつきまとう。

正直トラウマだ。

だから俺は、あんな症状が起きる前にキスをしたほうがいいと思っていた。

この一週間で、あの時間になる前からキスを始めれば症状が出ないことも確認した。

途中でやめれば症状が出るので、やはり一分ほどキスをする必要があるけれど、それで広瀬が苦しむ姿を見ずに済む。

広瀬はなぜか頑なに、症状が出てからキスという流れにこだわっているけれど。

もしあいつが俺の家に向かっている途中で電車が止まったら？

タクシーに乗っていて渋滞に巻き込まれたら？

タイムリミットに間に合わなかった時、広瀬はどうなる？

せめて午後八時五十八分の三十分前には、広瀬の近くにいたほうが俺の精神衛生上いいのだ。

そのためには一緒に暮らすのが手っ取り早い。

ひとつ屋根の下で暮らすのは落ち着かないだの、迷惑をかけるだのを気にしている場合じゃない。

――結局、数日前に電車が遅れて時刻ギリギリになったこともあって、俺は問答無用で同居を言い渡した。

広瀬は室内を見渡した後、仕方なさそうにスーツケースを広げて荷物を片づけ始めた。

持参したらしい洋服をハンガーにかけていく。

「私、掃除があまり好きじゃない……」

いきなりなにを言いだした？　この女。

「自分の部屋だけなんとかしろ。後は俺がやる」

「料理もできればしたくない」

「キッチンを使うも使わないもおまえの自由だ。それぞれ食事は勝手に済ませればいいだろう？」

俺だって、広瀬を家政婦代わりにしようなんて一切思っていないぞ。

もしかしてこいつは、そういうことをうだうだ悩んでいたのか？

「部屋をシェアするだけだ。あまり深く考えるなよ」

それに、家賃も光熱費も不要だと言ったはずだ。このマンションはファミリータイプで、地方転勤になった従兄弟から借りているものだ。研修から戻った時に、転勤が決まった従兄弟から家のメンテナンス代わりに住まないかと提案された。会社に近かったし家賃も不要と言われ引っ越しを決めたのだ。

だから広瀬を呼ぶこともできた。個室がなかったら、さすがに俺だって同居は厳しいと思う。

「あと三週間だ。それだけ我慢しろよ」

「わかっている！　我慢するのは私だけじゃなくて、上谷にだって負担なことは。でも気持ちが追いつかない！」

キャンキャン吠えるトイプードル。

言っている内容はうざいけれど、発する彼女の声はかわいらしい。

本当にトイプードルだったら、嫌がるのを抱っこして撫で回してもっと吠えさせるけれど、広瀬は犬じゃない。

「片づけが終わったら出てこいよ」

俺は広瀬を構うのをやめて、自分の部屋に戻った。

「俺だって戸惑いがないわけじゃない」

広瀬は同じ会社の同期の女。そう……女だ。

急に苦しみだした彼女の姿も俺にはトラウマ並みだったけれど、それ以上に脳裏に焼き付いて離れないものがある。

初めて儀式を行った日、唇を離した後の広瀬の……頬を上気させて涙目で俺を見上げて、唇を唾液でてらつかせている姿。

女が、セックスの時にだけ見せるような、色香と艶のある表情。

キスをしている間は息が楽になる……広瀬が俺に縋りつくように舌を絡ませるのは、酸素を求めてのことだった。

広瀬は苦しんで朦朧としていたようだけれど、俺の意識ははっきりしていた。

あんなに激しく卑猥に舌を絡めて深いキスをした。ためらいもなく絡められた舌に俺が驚いて逃げれば、彼女は必死に求めてきた。

広瀬は『これは人工呼吸だと思えばいいよね』と、いつかぶつぶつ己に言い聞かせていたけれど、俺にはただのディープキスだ。

毎晩、舌を激しく絡ませるキスをするうえに、終えると俺は広瀬の女の表情を見る羽目になる。

おかげで妙な感覚を覚え始めている。

「遠距離で禁欲生活が長かったせいだな」

俺は、どっと疲れて自分のベッドに倒れ込んだ。

——研修先で出会った三歳年上の彼女は、落ち着いていてかしこくて大人だった。

俺が一時的にしか京都にいないことはわかっていたのに『遠距離でも大丈夫』と言って余裕を見せた。

逆に期限があるとわかっていたから、お互いに燃え上がった部分もある。

束縛もなく、たまに会うぐらいのスタンスが俺には楽だった。

それに特定の恋人がいれば、社内で騒がれて煩わしい思いをすることもない。

遠距離恋愛は初めてだったけれど、俺にとってはメリットが多かった。

けれど一度仕事で約束をキャンセルしてから雲行きがあやしくなっていった。

微妙な関係になっていたところで、今回の件で二度目のキャンセル。

カラオケボックスから帰った後、電話で週末に行けなくなった旨を伝えると、『私たち終わりにしましょう』と予想外にあっさりと話がまとまった。もっと揉めるかと思って身構えていたから拍子抜けしたぐらいだ。

ともあれ、俺が恋人と別れたと伝えたことで、ようやく広瀬も渋っていた同居を承諾したところはある。

遠距離中の恋人と別れた途端、会社の同期の女と同居。

俺たちにしてみれば仕方がないことだけれど、事情を知らない第三者から見れば不実に見えなくもない。いや、恋人がいながら同居よりは、ましだろうけれど。

「上谷、片づけたよ」

扉の外から声が聞こえて、俺は部屋を出た。

夕食を終えてすぐに迎えにいったのに、広瀬がうだうだしていたので時刻はすでに午後七時半だ。

「風呂は栓をして給湯ボタンを押せばいい。どうする？　おまえが先に入るか？」

「え？　いいよ。家主より先にお風呂に入るわけにはいかないし、私は……その、終わった後でいい」

「俺の後でいいのか？」

俺はあえて念押しした。広瀬は黙ってぐるぐるとなにかを考え込んでいる。

「先……後、どっちがいいのかな？　え、でも今から入るとしたら、お風呂上がってまたメイクするの？　それも面倒」

「おまえはいつも、風呂から上がった後にもメイクしてるのか？」

「は？　違うけど、だってあんたにすっぴんさらせっていうの⁉」

また妙なところでこの女は……俺はこの時点ですでにいろいろ面倒くさくなって、同居を提案したことを多少後悔していた。

「おまえのすっぴんを見ても俺は気にしない。それより早く決めろ。時間の無駄だ。俺が先でいいなら今から入るから」

「とりあえず今夜はお先にどうぞ……」

広瀬はなぜかうなだれて、そして力なく言った。

＊　＊　＊

最初に上谷の家に行った時、そのマンションのグレードの高さに驚いた。同じ給料のはずなのにどうしてこうも違うの⁉　と嫉妬した。まあ、地方転勤になった従兄弟の家を借りていると聞いて安心したけど。

上谷の家の鍵を手に入れ、やつの家に足を踏み入れることを許されただけでも、上谷ファンに知られたら制裁ものだ。

けれど私は、さらにそのうえをいくことになった。

なんと！　上谷と同棲！　違った。同居だよ、同居！

うだうだと抵抗していたけれど、夜の微妙な時間帯に毎日出かけるのもきつかったし、最終的には上谷が恋人と別れたと聞いたから渋々承諾した。

恋人のいる男との同居はもってのほかだけど、恋人でもない同期の男との同居も同じぐらいおかしい気がするんだけどね。

そして日曜日の夜に連行されて、今日は火曜日。

外で食事を済ませて、やつが帰る前にお風呂に入ったほうが精神衛生上いいことがわかってからは、すっぴん部屋着姿でタイムリミットまで個室で待機している。

その間に上谷が帰ってきて部屋でがさごそ音をたてるのを聞きつつ、件の時刻の五分前にリビングへと出ていく。

「おかえり、上谷」

「ああ」

リビングのソファに座って、上谷は肩にかけたタオルで髪を拭いているところだった。水に濡れて額に落ちた髪が、やけに色っぽい。短パンにTシャツといったラフな格好でもサマになるところが嫌味な男だ。

私はといえば、体のラインが見えないよう、あえてふわもこな部屋着を着ていた。薄い桃色だとラブリーすぎるので、ベージュのボーダーというシンプルな柄だ。

すっぴんも、もう諦めた。この男に気を使うのは無駄だと思ったからだ。

テーブルには上谷のスマホ。

『儀式』の開始時刻と終了時刻を知らせる大事なアイテムである。

とりあえず、自然に私の定位置になりつつあるリビングのソファの、やつの隣に腰をおろす。黒い革のソファは座り心地がいい。背もたれの位置とか、ぴったりなんだよね。

広い座面といい、ここで寝るのも気持ちよさそうだ。

上谷はタオルをソファの背もたれに無造作にかけた。

「なあ」

「ん？」

儀式開始直前というのは、どうしても黙り込んでしまう。

私は私で、毎晩症状が出ることはもうわかりきっているのに身構えてしまうし、上谷は上谷で思うところがあるようだ。

一分前――になった時、私は上谷に肩を掴まれてそして、寝心地が良さそうだと思っていたソファに押し倒されていた。

なにごと!?

「上谷っ、いきなり、なに？」

身をよじってみても男の力で押さえられているのだ、動けるわけがない。

上谷は私の抵抗を感じてか体全体で圧(の)しかかってきた。体重はかかっていないけど圧迫感がある。

さらに目の前には、やつの顔！

いきなりご乱心？　もしかして私、襲われている？

――なんて自惚(うぬぼ)れたりはしない。

相手は上谷だ。

案の定、上谷は私を見ているようで見ておらず、じっとなにか考え込んでいる。

男のくせにやっぱり綺麗(きれい)な顔立ちだなあ、肌もすべすべだなあ、ひげ生えているのか？　とか思っていると、ぼんやりとしていたやつの目に力が入った。

頬を掌(てのひら)で包まれて、さすがに少し警戒する。

――この男の癖なのか、キスをする前に必ず私の頬に手をかける。症状が出て苦しんでいる私の顔を固定するためもあるんだろうけれど、なんとなくそれがキスの合図になっていた。

なぜ今、頬に触れるの？　まだ症状は出ていないよ！

「上谷、どうしたの？」

「黙って」

上谷が目を伏せて顔を近づけてきたので、咄嗟に顔を背けた。

「おまえは頑なに症状が出てからにこだわっているけど、俺はもう嫌だ」

はいい？

それって、それって……どういうこと？

「災いが降りかかる前に、同じ時刻にキスをする。それが儀式の内容だ。症状が出てからするのは、たぶん正式なやり方じゃない」

上谷はそう言い放つと、私の顔を自分のほうに向かせ、さっきよりも強く固定した。時刻を知らせるスマホのバイブが鳴る前に唇を重ねられてしまう。

柔らかい唇の感触が、やけにリアルに感じられる。やつの舌は慣れた仕草で私の唇をこじ開けて、たやすく入り込んでくる。

舌を絡めているうちに、テーブルの上でスマホが振動した。

これまでは息が苦しいのを助けるための人工呼吸のようなキスだった。私は酸素が欲しくてそれを求めていて、だから極力キスだと意識せずに済んだ。

実験として一度だけ時刻前にキスを始めたけど、それだって合間に唇を離して症状が出ないかなど、いろいろ試しながらだった。

でも今は違う。

私は息が苦しくないし、酸素を求める必要もない。

そうなると、これはただのディープキスになる。

わけのわからない状況ではないのだから、どこか冷静にキスを感じてしまう。

いや、むしろだんだん冷静ではいられなくなるんだけど！

いつもなら酸素が欲しくて私からも積極的に舌を絡めていた。そうすればするほど鼻呼吸が楽になるからだ。でも今は、どうしていいかわからない。

上谷の舌は私に唾液を与えるべく、深く激しくせわしなく蠢く。私が逃げようとすると、やつの舌が追いかけてくる。逃げ場なんかあるわけなくて、結局捕まえられてしまう。

ふと、宮司さんの言葉を思い出した。

これは祝言を迎える前の男女が行う儀式だと。

同じ時刻に毎晩こんな深いキスをすれば、まあ確かに愛は深まるかもしれない。

けれど、私たちが愛を深める必要はないんだよ！

この一週間ちょっと、呼吸困難になりながらも私は、確かに上谷がどんなキスをするのか経験してきた。

どんな感触で、どんなふうに動いて、どれほど熱いか知っていた。

いつしか勝手に体が覚えたのだ。

だから私も反射的に舌を動かしてしまう。絡めてしまう。キスはどんどん深まっていく。

試練っていうか、結局ただのキスじゃん！　恋人同士なら喜んでやるようなやつ。

ブブブッとスマホの振動音がして、ゆっくりと唇が離れていった。

目を開けると、唇を唾液で濡らした上谷が私をじっと見下ろしている。

症状が出てからキスをするのと、出ずにキスをするって……だいぶ違う!!

でも、そんなのを悟られたくなくて、私は泣きそうなのを我慢してきゅっと唇を噛んだ。

上谷の言うとおり、これが本来の儀式だ。

災いが起きないようにキスをするのが本来の形。

私たちはあえてキスをせずに検証したから、どんな災いが降りかかるか知っていた。

でも、素直に儀式だと信頼していれば、災いが起こる前にキスをするだろうし、そうすれば災いがどんなものかなんて知らずに儀式を終える。

昔の人は正式な形で儀式を行っていたから、文献には情報が少なかったのかもしれない。

上谷を責める気持ちと、仕方がない気持ちと両方が心の中でせめぎ合う。でもやっぱり我慢できなくなった。

「なんでこんなことしたの?」

「災いになんか、あわないほうがいい」

上谷が体を起こして、私を解放した。

「それは、そうかもしれないけど」

「毎晩毎晩、おまえが苦しむ姿を見るのは……俺がきつい」

ぼそりとした上谷のつぶやきは、その声色から本音だと伝わってきた。

そっか、そりゃあ、そうかもしれない。

苦しむってわかっているのに、症状が出るのを待つのは、やりきれないんだろう。その前にキスをしてしまえば、症状が出ないこともわかっているから余計に。

でも、これだと私は人工呼吸だと割り切れなくなる。

苦しくない分、キスはリアルで、むしろ気持ちよくなるもので、これを毎晩繰り返すのは私にとってあまりよくない気がするのだ。

「……こんなの、ただのキスじゃん」

「毎晩同じ時刻にキスをするのが儀式だからな。まあ、ただのキスだろう」

「人工呼吸だと思って割り切っていたのに――」

「おまえにとってはそうだったとしても、俺にとっては最初からただのキスだよ……」

私は思わず上谷を見た。

上谷はソファにかけていたバスタオルを手にして立ち上がる。だから座ったままの私にはどんな表情をしているかはわからなかった。

「毎晩、症状が出るのはわかっているんだ。もう検証の必要なんかない。俺は災(わざわ)いが起きないようにキスをする――今日から本来の儀式の形に戻すから」

上谷が自分の部屋に戻る背中を見届けて、私はどっとソファの背もたれに体を預けた。

「試練だよ……本当に」

どういう形にせよ、私には上谷のキスが必要なのだ。

症状が起きてからするキスと、起きる前のキスがどれほど違うかは、私にしかわからない。

ふとカーテンの隙間から月が見えた。

満月は徐々に形を変えていく。

削れていく月は、同じようにいろんなものを削られている自分の姿と重なって、新月になる頃には私も見えなくなってしまうんじゃないかと、本気でそう思った。

＊　＊　＊

本来の形である儀式を始めたのが、火曜日。そして水曜、木曜と過ぎて今日は金曜日だ。

軽く残業をこなして少し遅めの夕食を外で終えて、私は午後八時過ぎに上谷の家に帰宅した。

予想通り部屋は真っ暗で、私は明かりをつけるとリビングのカーテンを閉めつつ夜空を垣間見た。今の時期はここからちょうど月の姿が見えて、日々月の形が変化していくのを確かめることができる。

「やっと……やっと明日は休み。長かった……」

私は与えられた自室に入り、そそくさと軽く片づけをして荷物を準備する。

明日は土曜日！　明日の夜にはまた来ないといけないけど、一旦帰る。おうちに帰る！

私は今夜儀式を終えた後、一度自分の家に帰るつもりだった。

最初は同期の男との同居なんてとんでもないと警戒していた。

退社時間を少し遅らせ、夕食を外で済ませ、お風呂に入るのも遠慮し、部屋に鍵をかけて時刻がくるぎりぎりまで閉じこもっていた。

けれど、そうやって気遣うのは二日でやめた。

なぜなら、やつはほとんど家にいなかったからだ。

朝は、私が起きる前にはすでに家を出ている。

夜は時刻の三十分前に帰宅する。

やつが入浴を済ませて一息つくとちょうどいい時刻になり、儀式を終えるとふたたび互いの部屋にこもる。

つまり、私が上谷とこの家で顔を合わせるのは儀式の前後の時間帯のみだ。

最初は、連日遅く帰ってくるから仕事が忙しいのかなと思った。

それから朝食や夕食はどうしているんだろう？　と気になった。連日外食するなんて経済的に余裕があってうらやましいとか、私はコンビニ弁当やレトルトやインスタント食品で耐えているのにと思ったりもした。

同居を続けるうちにお財布的にも苦しくなってきて、さらに外食やコンビニ弁当にも飽きた私は、上谷の家のキッチンを使い始めた。そうして男の一人暮らしにしては調理器具がそろっているのを知った。

上谷は毎晩八時半にしか帰ってこない。

毎日規則正しく家を出て帰ってくる様子を見れば、私だってさすがに気づく。

上谷が気遣って、私との遭遇を極力避けてくれているのだと。

あの男は仕事ができるのだから、無駄な残業はしないはずだ。キッチンを見れば自炊することもわかる。それなのにこんな生活を続けているのは、私がいるからに違いない。

「本当に……気遣いができ過ぎるというか、それはそれでイラつくけど」

私は今夜こそ、上谷に物申そうと思っていた。

残りの期間ずっと、あの男はこんな生活を続けるつもりだろうか。

仕事の疲れを癒す場所も寛ぐ時間も、私に占領されるような生活を。

だから、もうそんな遠慮はしなくていいと言おうと思っていた。でないとやっぱり私は毎晩、儀式後、自分の家に戻ると言ってやる。

それはあいつの気遣いが心苦しいとか、少しは遠慮しなきゃといった謙虚な気持ちからではなく、ただ単に借りを作っているようで落ち着かないからだ。

今夜から明日の夜までの間ぐらいだけれど、あいつもゆっくり家で休んだほうがいい。ついでに私も、のびのびと息をつきたい。

同居生活は上谷の気遣いで、初週をなんとか乗り越えた。けれど、例の儀式だけはいつまでたっても慣れない。あのわずかな時間帯が一日の中で一番、私を疲弊(ひへい)させた。

災(わざわ)いという名の呼吸困難が起こる前にキスをするようになって、私はストレスを溜め込んでいる。

ストレスというか、抑圧というか、悶々(もんもん)とするというか……あまり冷静に分析したくない感覚だ。

だから私は、それ以上考えるのをやめた。

ふと時刻を確かめる。

「あ、れ？」

午後八時四十分――というスマホの時間を見て、私は首をかしげる。

珍しい……あいつがまだ帰ってこないなんて。

いつも八時半には必ず帰ってくるのに。

「え？　まさか帰ってこないなんてことないよね？」

こんなことは初めてで、私はおろおろしてしまう。上谷に、今どこにいるのか電話したい気分になってきた。思わずスマホを手にしたけれど、まるで、約束に遅れた恋人をせかすのと同じ気がしてためらう。

私はソファから立ち上がった。玄関に行きかけて、やはりやめる。

ウロウロウロウロウロ、リビングを行き来してしまう。

そうしている間にガチャガチャと乱暴に玄関のドアが開けられて、私はほっと胸を撫で下ろした。

焦る、焦るよー、間に合わないかと思った。

同居前、私が遅刻した時も上谷はこんな気分だったに違いない。うん、まあ心臓に悪いよね。同居も仕方がないよね。

「悪い！　遅くなった！」

上谷はリビングに駆け込んでくると、少し大きな声で叫んだ。

「上谷、おかえり。焦ったよー、どうしたの？」

「いや、悪い！　食事だけのつもりだったのに、あいつらが――」

肩で息をして、額の汗を拭う仕草をした上谷を見て気づいた。

「上谷……もしかしてお酒呑んできた？　えー、ずるい、ずるいっ！　私は我慢して待っていたのに！」

上谷は全体的に乱れていた。

慌てて走って帰ってきたのか、いつもきちんと分けられている前髪は額に落ち、ネクタイも緩んでいる。さらに少しほっぺも赤い気がした。

金曜の夜の呑み！　まあ、わからないでもないけど、私だって我慢しているのに！

「まじで悪い！　あいつらに無理やり呑まされたんだ。急いで歯磨いてくる！」

あいつらというからには、同期の面々か、もしくは親しい友人か。まあ、歯を磨くと言っているのだし、よしとしよう。

洗面室から戻ってきた上谷は、冷蔵庫から取り出したミネラルウォーターを呷り、ソファにどっと腰をおろした。

一緒に住んでいてもほとんど顔を合わせないので、こんな素の上谷の姿は珍しい。いつも落ち着いていて隙のないこいつにも、こんなところがあったんだなと思った。

上谷は忘れずにスマホをテーブルに置く。

「広瀬……入浴まだなのか？」

いつもなら、儀式後すぐに部屋に閉じこもるために、私は先に入浴を済ませて簡単な部屋着を身につけていた。でも今夜は、儀式後に自分の家に帰るつもりだったから、入浴もせずに仕事帰りの服のままだ。

「あー、うん。後で話そうと思っていたんだけど、今夜は儀式が終わったら一旦家に帰る。明日は土曜日だし」

私は儀式開始まで時間があるのを確かめて話を続ける。

「あんたもさあ、少しはゆっくりすれば？　いつも早くに家を出て遅くに帰ってきて……私を気遣ってくれたんでしょう？　でも、そういう生活していたら疲れちゃうよ。私も諦めて腹をくくったから、あんたも自分の生活スタイルに戻しなよ」

「……気づいていたのか？」

「そりゃあ頑なに顔を合わせなければ気づくでしょう？　普通」

そこまで鈍くない。

——本当は、一瞬だけ気づいていないふりをすることも考えた。そうすれば私は期限まで快適に過ごすことができただろう。

でも、負担を上谷に押し付けるのはフェアじゃない感じがした。

「だから儀式が終わったら今夜は帰るよ。部屋の様子も気になるし片づけたいしね」

たかが一ヶ月のことなので、電気やガスも止めてはいない。空気を入れ替えて掃除して、洋服も新しく持ってきたい。冷凍庫に保存したままの常備食も持ってきて、ついでに一週間分作り置きして上谷の冷凍室を借りれば、食生活も少しは潤う。

「そう、か」

上谷は特に反論もせず、ぼんやりしていた。アルコールに弱そうには見えなかったけど、お酒を呑んだ影響なのか今夜はちょっと無防備に見える。

私は上谷の隣に腰をおろした。

いつまでも気持ち的には慣れないけど、そんな初心さを上谷に披露する必要はない。割り切って慣れたふりでもしないと、抱えている悶々とした感情を見抜かれそうだ。

あの時刻まで一分を切った頃、上谷が顔を近づけてきた。

私も抵抗などせずに受け止める。

頬に触れる大きな掌。やつが目を伏せるのと同じタイミングで私も目を閉じた。

柔らかな唇を重ねて、熱い舌を受け入れて、唾液を絡め合う。

上谷の口内は、最初は歯磨き粉の味がした。それからすぐにいつもとは違うアルコールの残りのような苦味がきた。

私は舌を絡ませて、その味を唾液で薄めていく。いつもの味に変えたくて、上谷の舌に積極的に絡めていった。こくんこくんと小さく唾液を呑んで、時折唇の角度を変えられるそれにもついていく。

上谷のキスは、優しいというよりちょっと激しい。強引に動く時もあれば、緩やかに逃げる時もある。

そして私はいつの間にか上谷のキスに夢中になってしまう。最近では、時刻を知らせる振動が聞こえて、やっと我に返るほど。

気持ちいいとか、体が熱くなるとか、小さな疼きが芽生えるとか、見過ごしてしまいたいのに――キスを繰り返すごとに自覚してしまう。

その時だった。

頬から手が離れると同時に、いつもは唇も離れていくのに、なぜか角度を変えて逆にキスが深まった。

あれ？

時刻、きたよね？　今の振動、スマホからのお知らせだったよね？

私の聞き間違い？

私の頭の中は疑問符だらけなのに、唇の中は変わらず上谷の舌が動いていく。おかしいなと思っているうちに、不意に胸元になにかがかすった。

それが掌だと認識したのは、あからさまに胸を揉まれたからだ。

ちょ、ちょっと待って！　え？　なんで胸!?

たまたま当たっただとか、自分の勘違いだとかでもない。感触を楽しむような優しい手つきに、頭がさらに混乱する。

相手はなにしろ上谷だ。

この男がこういう暴挙に出るなんて想像もしていなかったせいで、対応が遅れる。

キスはさらに卑猥になるし、いつの間にか背中の締め付けがなくなるし、シャツのボタンまではずされる。

え？　何気に手際よすぎだよ！

指先が直接肌に触れた時、さすがに反射的に体が動いた。

二人の体の間に手を滑り込ませて、思いっきり上谷の胸を押す。

思ったより簡単に上谷は上体を起こし、それにつられてようやく唇も離れていった。

私も隙を逃がさずにソファから立ち上がって逃げ出した。

――はぁ、はぁ、私の身に一体なにが起きた!!

見れば上谷は呆気にとられた様子で、瞬きを繰り返していた。なんで突き放されたか、わかっていない感じだ。

そして、その後、さあっと顔が青褪めていく。

「え？　うわっ!!　ごめん！　は？　俺っ!!」

上谷のあまりの狼狽えように、私も呆気にとられる。

なにが『うわっ!!』だ。

叫びたいのはこっちだ!!

はだけた胸元を押さえて、私は上谷を睨みつけた。

触られた！　上谷に胸を触られた！

あげくに、ものすごく驚かれている。まるでつまらないものを触った自分が信じられないみたいな顔をして!!

「広瀬っ、悪い。本当に悪かった！　俺、一瞬意識が……」

はい、はい、はい、はい……意識が跳んだんだね。つまり無意識の行為だったと。

相手が私だと認識がなかったと。

誰と間違えやがった！

そう思った瞬間、上谷の恋人の存在を思い出す。

いや遠距離恋愛中だった、元恋人。

微妙な関係で、そもそも明日は別れ話をするためにこの男は京都へ行く予定だった。

結局、会いにいかないまま、別れたらしいけれど。

恋人とどれぐらい会っていなかったのか、いつから微妙な関係だったのかは知らないけれど、もしかしたらこの男は今……溜まりまくっている？

恋人という存在がいる限り、どんなに女に誘いをかけられても浮気をするタイプじゃない。

それは肉食系お姉さま方が、果敢に挑戦しては撃沈して『上谷くんってガードかたすぎ』とぼやいているのを聞いていたから確かだと思う。

でも、そういう相手がいない時に同期の女と妙な関係になって、自分の家でもゆっくり休めず、今夜は珍しくお酒も呑んでいて。

だから？

だから私が相手でも……魔が差した？

上谷は床に土下座した。

「ごめん！　本当にごめん！」

初めて見た！　生土下座！　それもイケメンの土下座！

ここまでされると、怒りよりも呆れが勝り、そしてわずかな同情も感じた。

「申し訳なかった!!」

私は無言のまま、上谷の後頭部を見下ろす。

そしてブラのホックとシャツのボタンを留めた。

「……いいよ、もう」

「広瀬？」

「いいから！　頭上げなよっ！」

今回の状況を考えれば、情状酌量の余地は多大にある。

「今後お酒は禁止！　もしくは呑むなら儀式の後にして！」

「わかった！」

「毎晩あんな儀式する羽目になっているし、その、私相手に……手を出すほど、今のあんたがいろいろ切羽詰まってるのもよくわかる。だからいいよ、もう、気にしなくて」

いや、上谷もおかしいけど、私もおかしくなりそうだよ。

「本当にごめん……」

土下座はやめたけれど、上谷は正座したままうなだれた。しゅんとした姿に、胸がきゅんとするのはきっと、猿が反省の芸をしているみたいでかわいく見えるからだ。

「とりあえず今夜は家に帰る。明日また来るから」

「家まで送る！」

「あんたお酒呑んだんでしょう！　いいよ、この時間だからまだ大丈夫」

「でも！　もしなにかあったら！」

「あんたといるほうが今は危険でしょうが！」

「……そうだった。だったらタクシー代出す！　出させてくれ！　せめてものお詫びだ！」

こんなに饒舌（じょうぜつ）な上谷って初めてだよ。

お酒と予想外の状況でてんぱっているんだろうけど、ちょっとうざい。

「わかった。タクシー呼んで。タクシー代で今夜の件はチャラにしよう。いい？」

「おまえがいいなら、もちろんだ」

まるで二人で漫才でもやった気分で、私も上谷も疲労困憊（こんぱい）状態だった。

＊＊＊

『迎えに行く』

『大丈夫。必要ない』

簡潔かつ素っ気ないメッセージの内容に、俺はそれ以上なにも打てずに、はぁっとため息をついてスマホを置く。

昨夜は広瀬が出て行った後、俺はシャワーを浴びてさっさと眠った。

もうなにも考えたくなかったからだ。

それからいつもの時刻に目覚ましが鳴って、土曜日であるのに気づいてふたたび眠りについた。

起きてから部屋に掃除機をかけ、朝食兼昼食を食べに外出して、久しぶりの一人きりの部屋でのんびり過ごした。

外出ついでに買った弁当を夕食にとり、風呂に入る前に思い立って広瀬に送ったメッセージの返事がそれだった。

「警戒するか……さすがに」

俺にとっては苦肉の策で、広瀬にとっては不本意なまま始めた同居生活。

俺はなんとなく家に居づらくて、朝は早めに出て夜はギリギリに帰る生活を続けた。

そして昨晩は一人きりの外食に飽きていたところに同期連中の呑みの誘いがあった。

タイムリミットを気にしながらも少しぐらいはいいかと思って出向き、あいつらに酒を呑まされてしまったのは、俺自身気づかずにストレスを溜めていたせいだろうか。

思ったより呑みすぎて、酔いが回って、その結果が昨夜の行動に結びついた。

儀式通りに時刻がくるまえにキスをすることにしたのは、広瀬が苦しむ姿を見たくなかったからだ。

それなのに、彼女との同居も儀式としてのキスも、自分で自分の首を絞めることになり、俺はますます追い詰められている。

——俺は、同期としての広瀬真雪のことは知っていた。

彼女の仕事ぶりも、ある程度の能力も性格も把握していたつもりだった。

俺に色目を使わないだろうことも、一線を守って踏み込んできたりしないだろうことも想像がついた。

同居を始めてからも家であまり遭遇せずにすむよう心掛けていたのは、念のためだ。

「昨夜のは酒のせいだ……いくら彼女と別れたからって、よりによって広瀬に手を出すなんてありえない……」

そう自分に言い聞かせてみるものの——言い聞かせている時点でおかしい自覚は俺に

もあった。

たかがキス、されどキス。

俺たちが毎晩交わしているのは、恋人同士でするような長く深いキスだ。いや恋人同士だって毎日はあんなに長くキスをするかどうかわからない。

でも、ただの同期でしかなかった俺たちの距離は儀式により一気に縮まった。

そのせいで俺はいろいろ知る羽目になっている。

すっぴんでも広瀬はあまり変わらない。

メイクを落としたら、え？　と思う女もいるのに、広瀬はあまり差がなかった。

自宅からシャンプーやらボディソープやら本人の愛用品を持ち込んでいるため、髪や体からは俺とは異なる香りが漂う。

風呂上がりの広瀬は色気皆無（かいむ）の部屋着姿なのに素朴な愛らしさがあり、会社での雰囲気と違いすぎて戸惑う。

なによりも……キスの後の表情には色香を感じてしまう。

儀式のせいだ。あの祠（ほこら）のせいだ。

災（わざわ）いだか試練だか知らないが、あれのせいで俺はおかしくなっているだけだ。

広瀬は同じ会社に勤めているだけのただの同期だ。

ありえない現実の中で俺たちは仕方なくキスをしているのであって、そこに意味なんかない。

俺は何度も己に同じことを言い聞かせて、思い出しかけた艶っぽい広瀬の姿を振り払うように頭を振った。

幸いなことに、この日々にはきちんと期限がある。

期限を終えてキスをしなくなればきっと、彼女に対するこんな奇妙な感情も一時的なものだったと思えるはずだ。

「そうだ。毎日あんな濃厚なキスをすれば変な気分にぐらいなる。俺がおかしいわけじゃない」

俺は昨夜から何度となく繰り返した言葉を口にする。

元恋人とは遠距離だったうえに、ここ数ヶ月微妙な関係だったせいで、随分ご無沙汰だった。

溜まっていると言えば溜まっていて、今は自己処理しようにもしづらい環境にある。

そんな中で広瀬と毎晩深いキスをするのだ。男なら魔が差しても仕方ないだろう。

こんな状況下で恋人と別れたことが、良かったのか悪かったのかわからなくなった。

別れていなければ、それが抑止力となって、広瀬に妙なことをせずに済んだかもしれない。

そんなことを考えているうちにインターホンが鳴って、俺は画面を見た。

『かーみや？　いるかな』

広瀬の間延びした間抜けな声が聞こえてきて、微妙にいらっとした。

俺は悶々と悩んでいるのに、こいつは能天気そうに……

「ああ、いる。上がってこい」

鍵は渡しているんだから勝手に上がってくればいいのに、こいつは必ずインターホンを鳴らす。

こういう部分は律義だ。同居生活だって、広瀬は広瀬で気遣って過ごしているのはわかる。

部屋のものを勝手に移動することもないし、無駄に散らかしもしない。

ただのルームシェアであれば、気楽な相手だ。

儀式さえなければ……キスさえしなければ意識せずに済んだのに。

広瀬は「おじゃましまーす」と言って部屋に入ってくると、すぐにキッチンに向かい冷蔵庫に突進していった。

俺は顔を合わせるのが多少気まずかったのに、この女はいつもと変わらない。昨夜のことなど一切気にしていないように見える。もしくは綺麗さっぱりなかったことにしたのかもしれない。

だったら俺も、なかったことにしたほうがいい。

「上谷、冷凍室借りるね」

「ああ」

広瀬は大きめの保冷バッグから、プラスチック容器を取り出して次々と冷凍室に入れていく。ほとんど空だったそこが埋まっていく様子を、俺はぼんやり見ていた。

「なに？　それ」

「作り置きの食料。いい加減、外食もコンビニ弁当もつらいから……作ってきた」

「おまえが？」

俺は、広瀬は料理をしないと思っていた。だから素直に驚く。

広瀬は立ち上がると空になった保冷バッグを折りたたむ。

会社仕様でも部屋着姿でもない……袖口がふんわりしたブラウスに、淡い水色のロングスカート。カラオケボックスで待ち合わせた以来のカジュアルな広瀬の姿に、俺は小さな緊張を覚えて目をそらした。

前は緊張なんてしなかったのに！

「朝は、ごはんと味噌汁と納豆派なの。料理は好きじゃないけど、外食続きも得意じゃない。だから簡単に料理はする。あんたも本当は料理するんでしょう？」

「あ、ああ。朝は面倒だからパンだけど。夕食はおかず一品ぐらいだな」

「まあ、その辺をどうするかは後で話そう。食生活が乱れたせいか、肌の調子もイマイチなのよ。だから、これからはキッチンも使わせてもらうね」

昨夜の広瀬の提案を思い出した。

『私も諦めて腹をくくったから、あんたも自分の生活スタイルに戻しなよ』

彼女はそれを実行するために、俺の生活スタイルとのすり合わせをするつもりなのだろう。俺だって自分の家でゆっくり食事できるならそれがいい。

「明日も休みだけど、今夜も家に戻るのか？」

「うん。もう少し料理を作り置きしたいし、明日はキッチン用具も使い慣れたもの持ってくる」

「だったら今夜は送る」

俺の言葉に広瀬は少し考えるように首をかしげた。珍しく結んでいる髪がふわりと揺れる。

「……うん、今夜は甘える」

広瀬はそう言うと、いつものようにソファへと向かっていく。俺は彼女にわからないようにため息をついた。

……なぜか広瀬がかわいく見える。

いや、元々彼女の顔はかわいらしい部類だ、多分。

話をして性格を知るとかわいさが半減し、仕事中の姿を見ていると恋人にするにはエネルギーがいりそうだと尻込みしてしまうというのが、大方の男の評価だ。自分もまあ、そんな感じだなと考えていた。

でもそれは、これまでプライベートでの関わりがなかったから、本当の彼女を知りもしなかっただけ。

知ろうとも思わなかっただけ。

もこもこの部屋着、柔らかな香り、すっぴんにカジュアルな姿、そしてキスをした後の表情。

俺は再度頭を振って危うい思考を追い払うと、大事なことを思い出して自室へと戻った。

＊＊＊

私は上谷から渡されたものを手にして、それをじっと見た。

「ちょうどいいのがそれしかない」

「はあ」

渡されたのは上谷がよく会社で締めているシルクのネクタイ。紺色とシルバーの組み合わせのシックな柄だ。

「結べ」

今夜の上谷はVネックから男っぽい鎖骨の覗(のぞ)くカットソーを着ている。

その姿で、逮捕される前の犯人のように両手を差し出してきた。

「はあ?」

私はイマイチわからなかった。いや、なんとなくわかるけどわかりたくない。

「儀式まで時間があまりないんだから、急げよ。少し強めに結んでもいいから、さっさとしろ」

「なんのためによ!」

「おまえに手を出さないためだ!」

あえて聞いたら、予想通りの答えが返ってきた。

「いいから急げ!」

つまり上谷は、私に手を出さないために自分の両手をこのネクタイで縛れとほざいているのだ。

なに、この変態プレイみたいな感じ。

昨夜のことはタクシー代で手を打ったし、むしろ水に流して記憶からも抹消(まっしょう)してなかったことにしたかった。

なのにこの男は——

「昨夜は酔っていたんでしょう？　今夜は呑んでいないんだから必要ないでしょうが！」

そうだ。昨夜の上谷の行動は酒のせいだ。

お酒も呑んでいないのに、ここまでする必要があるとは思えない。

「念の為だ。俺だって酒のせいだと思いたいが……とにかく！　俺がやれって言っているんだからやれよ、早く！」

なかばキレ気味に言われて、私は渋々、上谷の望み通り手首にグルグルとネクタイを巻いてやった。ついでに固結びしてやる。

「はい、できたよ」

「じゃあ、おまえから顔近づけて」

「えええっ」

「いちいちうるさいよ、おまえは。手が使えないんだからさっさとしろ。ほら、もうすぐ時間だ」

上谷の手首はネクタイで拘束されている。

だからいつものように私の頬に触れる手がない。毎回それに誘われてキスをしていたから、どうしていいか戸惑う。

「ひーろーせ」

「わかったよ！」

私は、やけになってぐいっと顔を差しだした。

なんとなく心もとなくて、上谷の膝に手を置く。ネクタイで結ばれた手が邪魔だったけど、なんとか唇を合わせることができた。

それでもいつもと違う体勢で交わすキスは、どこか奇妙な感じだった。

これまでは、上谷から唇を押しつけられることが多かったキス。

今は互いに近づく必要がある。少しでも油断すると唇が離れていきそうで、私は必死に上谷の唇に触れて舌を絡めた。

発作が起きる前にするキスはやっぱりただのキスでしかない。

唇の柔らかさ、唾液の味、舌の熱さやうねり、それらは紛れもなく気持ちよさを運んできて、私をざわつかせる。

上谷のキスは——気持ちがいい。

そして多分、うまい。

だからキスに夢中になって……儀式に必要な一分という時間さえ短く感じてしまう。

「んっ」

思わず声が出たのと、終了の合図であるタイマーの振動音が響くのは同時だった。

ゆっくりと唇が離れて目が合う。

まずっ……変な声出た。気づかれていないといいけど。

キスをするごとに妙な感覚を植えつけられていることなんて知られたくない。

私は上谷の膝についていた手をどけて体を離そうとした。

瞬間、うまく体勢を立て直すことができなくて、上谷のほうに倒れてしまう。上谷は上谷で両手がネクタイで縛られているせいで私を支えられずソファに倒れた。

私は上谷の上に乗りかかる形になった。

「広瀬っ！」

「ごっ、ごめんっ」

「バカっ、動くな」

「え？」

上谷の命令に、私はぴたっと動きを止めた。

倒れたのはソファの上なんだから痛みとかはないはずだけど。それとも乗っている私が重い？

上谷は両腕を顔のところに上げて、どこか苦しげに顔をしかめている。

え？　どっか痛めたりした？

「上谷！　大丈夫？」

「動くな！　喋るな！　とりあえず、じっとしていろ！」

矢継ぎ早に繰り出される命令の声は、上谷らしくなく切羽詰(せっぱつ)まっている。昨夜のうざい上谷も初めてだったけれど、こんなに動揺する今夜のこいつも珍しい。

そこで私は、あるものに気づいた。

私の上半身は倒れた上谷の下半身の上にある。私の胸とお腹の間辺りで存在を主張している硬い感触の正体を、私はすぐに察した。

「あ……」

「頼むから！　気づいていても口にはするな！　くそっ、なんだって俺がこんな目に！」

えーと、えーと。

えーと……えーと……

昨夜の行為といい、今回といい、上谷がいろいろいろいろつらいのだけはよくわかった。

そうだよね。

私だって、こいつとのキスで変な気分になるんだもん。

こいつがそういう気分になったって仕方がない。

私はそれに危機感を覚えたほうがいいんだろうか。

それとも興奮してもらえることを、ありがたがったほうがいい？

どっちだろう。

「広瀬……ゆっくりどいてくれ。この体勢のままだと落ち着きようがない」

上谷は焦りと苛立ちのこもった口調で言った。

私はできるだけ上谷を刺激しないように、ソファに手をついておそるおそる体を起こす。

上谷の顔は、ネクタイで結ばれた両手で隠しているので見えない。

これも、さっさとほどいたほうがいいよね。

私は上谷の下半身を視界に入れないようにして、ソファからそっと立ち上がった。

「上谷……ネクタイ」

「……ああ」

上谷は顔を私から背けると、腕だけを差し出してきた。

手首に巻いたネクタイの先が、ぶらんと揺れる。

こんなものを手首に巻きつけなければならないほど極限状態にあるなんて気の毒だ。

恋人と別れ、同期の女に醜態をさらし、イケメンなのにものすごく残念な状況に陥っている。

それもこれも、全部祠のせいだ。

祠の災いとやらのせいで、上谷は私に降りかかる災いを防ぐためにキスをしてくれている。

毎晩のキスを実行するために、私を部屋に住まわせて、生活スタイルまで変えて……

挙句の果てにこの状態。

そして非常に厳しいことに、これが後二週間は続く。

大丈夫なのかな？　上谷。

私は女だからまだいいけど、男にとっては結構きついんじゃないの？

私は上谷の両腕のネクタイをはずそうと伸ばした手を止めた。

同期の女と一緒に暮らして、毎晩深いキスをする。その相手がたとえ私でも、恋愛感情と性欲は別物だろうから、禁断症状はますますひどくなって危なくなったりするんじゃないだろうか？

私の身が危険になる可能性もある？

ここいらで、少し発散しておかないといつか爆発したりして？

「上谷……」

「なんだ？」

私は頭の中で、ぐるぐるぐるぐるいろんなことを考えていた。ものすごく不健全で、とてもよろしくないようなことを。

――多分、私は間違ったことを考えているのだと思う。

だって上谷と私はただの同期だ。

祠(ほこら)のせいでおかしなことになって毎晩キスをして、そのために一緒に生活までして、もはや私たちの関係は間違いだらけとも言える。

でもこの調子だと、上谷はきっと残りの二週間も際どい状況で過ごすことになるはずだ。

「広瀬？」

「私……自信はあまりないけど、ここまできたら一蓮托生（いちれんたくしょう）だから手伝おうか？」

「は？」

私はネクタイに伸ばしていた手を、上谷のズボンのベルトへと移動させた。そこには、いまだ元気そうな風情（ふぜい）が漂っていて、ためらいつつもベルトをはずしにかかる。

「待て、広瀬。待て待て待て！　なにをするつもりだ！」

「上谷……つらいんでしょう？　恋人とも別れちゃったし、昨夜は昨夜で私相手にああいうことするし、今夜だってネクタイで縛らないといけないほど危うかったってことでしょう？」

「広瀬、おまえなに言っている？　自分がなにを言って、なにをしようとしているのかわかっているのか？」

「大丈夫、手でするだけだから！」

「いやいや、おまえにしてもらわなくてもいい！　頼むから余計なことを考えるな！　するな！　見るな！　広瀬っ!!」

膨らんだズボンのファスナーって下ろしづらい。

私は上谷の叫びを聞きつつも、ここでやめるのもおかしい気がして行為を進めた。

硬くて温かい感触を布越しに感じつつファスナーを下ろし終えると、それは勢いよく飛び出してきて――その瞬間、爆(は)ぜた。

え……と、結構飛ぶんだなと思ったのが最初の感想。

次に、呆気(あっけ)なかったな、と。

それから自分が結果としてとんでもないことをしたと理解して、申し訳なくなった。

白いものは私の手にもちょっとかかって、当然のごとく周囲も汚している。

上谷はその中心を隠すように、ネクタイが結ばれたままの両手をそこに置いた。

――上谷の顔は見られない。

「ご、ごめん」

「謝って済むと思うのか」

ものすごく低い声で、ものすごく怒りを込めた口調で上谷が言い放った。

「自分がなにをしたか、わかっているか？　おまえは男のプライドを根こそぎ奪った……」

「ごめんなさいっ！」

「とりあえずネクタイはずせ！　そんでシャワー浴びてこい！　このバカ女！」

私は上谷に言われるがまま、やつの腕からネクタイをほどいてバスルームへ逃げ込んだ。

＊＊＊

最初は手だけを洗えばいいやと思っていたけれど、手だけではなく、服もちょっと汚れたようで結局そのままシャワーを浴びることにした。

その後、入れ替わりに上谷がバスルームに入り、問答無用で洗濯機を回している。

これまで私たちは別々に洗濯機を使っていたので、一緒に洗濯物を洗うのは初めてだ。

でも文句なんか言えない。

私のパンツと上谷のパンツが洗濯機でぐるぐる回っていても仕方がない。

私は部屋着に着替えて、ダイニングの椅子に座ってうなだれていた。

自分が失態を演じたソファに座る勇気なんかない。

なんであんなことしちゃった、自分!!

自分から男のアレに手を伸ばすなんて、痴女じゃん、痴女！

変態だよ、変態！

――別に、昨夜胸を触られたから、あいつのものを触り返してやろうと思ったわけじゃない。

でも結果として、なんとなくリベンジしたみたいになった。

ああああ、数十分前に戻って、なかったことにしたい。

人生最大の恥だよ！

……本当は上谷がシャワーを浴びている間に、自分の家に帰ろうと思った。でも、さすがにそれをするのは卑怯な気がしておとなしく待っている。

上谷がバスルームから出てきて、そして冷蔵庫からビールを取り出した。

儀式は終えたので酒を呑むのは構わない。いや、呑みたい気持ちなのはよくわかる！

私だってお酒を呑んで記憶を失いたいもの！

冷蔵庫にもたれて缶ビールをそのまま口にする上谷は、湿った髪が目元に影を作り、憂いを帯びている。

入浴しても、やつの怒りはシャワーで洗い流されなかったらしく、怒りのオーラを纏いつつ色気を放出するという器用なことをしていた。

ぞくりと背筋が凍る。

ビールを呑んだ時点で、さきほど提案のあった、この後、私を家まで送るという発言は撤回されたようだ。

いいや、送ってくれなくても構いませんよ！　そんなの気にしないし！　むしろ帰りたければ自分で帰るし！

でも今は、家に帰るなんて言い出しづらい雰囲気だけどね！

「広瀬」

「はい！」

かつてないほど低い声で名前を呼ばれて、私は大きく返事をした。

「おまえ、なにを考えてあんなことした？」

「あー……と、えー……と」

つらそうかな？　とか同情しちゃって？

もしくは、ここいらで発散したほうが上谷のためだし、ひいては自分の身の安全のためだと思ったりとか？

つらつら思い浮かんだ内容を、口にする勇気はない。

はい！　余計なお世話でした！　お節介でした！　私が間違っていました！

「昨夜の腹いせでもしたかった？」

「ち、違うよ！　腹いせとかじゃなくて、なんか上谷大変そうだと思って、あんまり溜まりすぎると体にも心にもよくないし……ネクタイ結ばせるほど危ういんだと思ったら、なんか」

そう！　ネクタイだよ！　縛らないといけないほど切羽詰まっているのかと思ったんだよ。

「あれは……俺がどうこうって言うより、おまえが安心するかと思って」

そう、でしたか。

ああ、自分の抑えがきかないとかじゃなくて、私のことを考えてだったのか。

私が思った以上に、上谷は昨夜のことを気にしていたんだなあと思った。

「ご、ごめん。さっきの行動は、私がものすごく間違えた」

「いや……そもそも俺が――」

上谷はそこで言葉を止めて、ビールをごくごく呑み干した。

でも、なにを言おうとしたかはわかる。

まあ、そうですね、あなたが元気にならなきゃよかったというか。たとえそうなったとしても、私が気づかなきゃよかったというか。

だからお互い様だ。

あんなキスを毎晩すれば、おかしな気分にもなる。

私だって慣れてだんだん気持ちよくなってきて、興奮を覚えたりしているのだから。

「上谷だけじゃないよ。私だって、その、正直変な気分になるもの……」

恥を忍んで口にしたのは、上谷にものすごく恥ずかしい思いをさせた自覚があるからだ。

同期の男に、性欲感じていますなんて暴露したくはなかった。

でも上谷はもっと恥ずかしかっただろうから。

「……変な気分？　だから触りたかった？」

呑み終えたらしいビール缶をシンクに置いて、上谷がダイニングテーブルに近づいてきた。

「おまえも興奮して、だから俺に触ろうと思ったの？」

「は？　え？」

いや、そういう意味で言ったわけじゃないよ。

でも私の真横に立って、顔を覗き込む上谷の目を見たら反論なんかできなかった。

――イケメンが凄むと怖すぎる！

「広瀬、今夜家に帰るのはなしだ。おまえには今夜の行為を償ってもらう」

真顔でそう言った上谷を見て、悪魔ってこんな顔をしているのかもと思う。

家に帰るな、なんてとんでもないことを命じられても、やっぱり言い返せない。

「つ……償いって、なにをするの？」

土下座？　昨夜の上谷みたいに土下座すればいいのかな？　それとも慰謝料とか？

え、ボーナス払い併用可能にしてもらえる？

「広瀬、こいよ」

上谷は部屋の照明を落として間接照明だけにする。部屋が薄暗くなり、いつもと違う雰囲気になった。

上谷はソファに座ると、手招きで私に来るように命じる。

だから私は、儀式の時のように隣に座ろうとした。

しかし上谷は首を横に振り、そして自分の膝の上を示す。

は？　え？

「ここに座れ」

上谷は脚を広げて私が座るスペースを作った。

いや、確かにゆったり贅沢（ぜいたく）仕様のソファですよ。でも――

「広瀬」

私はもうこれ以上うだうだ考えて上谷の怒りを買いたくなかったので、えいやっと勢いで上谷の脚の間に座ってやった。

瞬間、上谷は私の腰に手を回し、逃がさないように固定する。

「かっ、上谷っ！」

ちっ、近すぎる！　というか背後から抱きしめないで！

思わず声が上ずってしまった。

ぎゅっと私を抱く腕に力が入り、そして肩に上谷の額がのる感触があった。

ここまでされても抵抗感がないのは、儀式でキスを繰り返しているせいだろうか。

背中に感じる上谷の大きさだとか、体温だとか、かすかな息遣いだとかが伝わって、なのにそれに拒否反応が出ない。

「おまえ、本当に反省している？」

くぐもった声音には、怒りよりも疲労とか落ち込みみたいなものが感じられて、私は強張らせていた体から力を抜いた。

「ごめんなさい。本気で心から反省しています」

「ありえないんだけど……あんなの」

「うん、私が悪い。本当にごめん。記憶から抹消するね」

「俺は、ものすごく辱めを受けた」

「うん」

「おまえも辱めたい」

「うん……うん？　えええーっ!!」

も、ものすごく怖いことを言われたと思ったら、上谷はすぐさま優秀さを示し、有言実行しやがった。この男の優秀さが憎い。

つまり、私の腰に回していた手を私の胸元に上げたのだ！

昨夜も上谷には触られた。でも、おそらくその時こいつは無意識だったはずだ。でも今は明確な意思をもって私の胸に触れている。

「ちょっ、ちょっと待って！」

「待たない」

私の胸を下から持ち上げるようにして掌で包み、そして優しく揉んでくる。

セクハラだと叫んで、この手を払って立ち上がって拒むことはできた。上谷はなにも私を拘束しているわけではない。されるがままになってしまうのは、自分がもっとひどいことをした自覚があるせい。

……そうだよ。

私はこいつに、あられもない姿をさらさせてしまったのだから。

「小さい……」

「はあ？」

胸を触りながら言うセリフじゃないよね⁉　小さくて悪かったな！　一応標準サイズだよ！

「だったら、触るな！」

「違う。そういう意味じゃない。おまえ態度でかいから……もう少しがっしりしてるかと思ってた。華奢なんだな……」

ぎゅっと背後から抱きしめる腕に力が入る。同時に、ささやかに胸に触れる手。部屋着の下にはブラをつけているので直接触られているわけでもないのに、上谷の手の大きさがよくわかる。

こうして抱きしめられていると、上谷自身の体の大きさも実感する。

――本当は、こんな行為を許しちゃいけないんだろう。

でも拒めない。

なんでかわからないけど、すごくドキドキして緊張しているのに、上谷の手つきが優しいせいか、恐怖や嫌悪感がないのだ。

こうされてむしろ、わずかな興奮さえ覚えている。

それっておかしいよね？　キスのしすぎでおかしくなった？

「広瀬、心臓の音速い」

「あまり喋らないでっ！　余計なこと言わないで！」

「なんで？　恥ずかしい？」

「あたりまえでしょう！」

上谷の手つきはゆっくりで、ただ感触を楽しんでいるだけに思えた。でも服とブラがこすれるたびに、そして指先がかするたびに胸の先が痺れてくる。

「上谷……もういいでしょう？」

これ以上はおかしくなりそうで、私は白旗を上げる。

「ダメだ。言ったろう？　俺はおまえを辱めたいんだって」

「もう、恥ずかしいよ」

「俺はもっと恥ずかしかった。なんせ、おまえにイくところを見られたんだから」

そうだけど、そうだけど、勝手にイったんじゃん！

私、触る前だったもん。飛び散ったものしか見てないもん。

——え、今の言い草だと、この男は私も同じ目にあわせるつもりなの⁉

「広瀬……脱がされたくなかったら、おとなしくしていろ。そうすればこのまま、気持ちよくイかせてやる——」

耳元で低く甘く悪魔の囁きが発せられる。

私はぴくりと腰を揺らして唾を呑んだ。

＊＊＊

脚を絡めて広瀬の体を動けなくした俺は、服の下から手を入れて直接彼女の肌に触れた。

腕の中で小さく震えて俯いた広瀬の、いつもは髪で隠れている白い項が露わになる。

俺は痕をつけないように気をつけながら、そこに唇を押しつけた。

ブラのホックをはずすと、柔らかな感触を手に感じる。俺の掌で包み込めそうな大きさの胸とか滑らかな肌とか、吸い付くようで気持ちがいい。

なにより、抵抗もせずに俺にされるがままになっている広瀬の姿が、妙に俺を興奮させる。

――本当はここまでするつもりはなかった。

広瀬にされたことがあまりに衝撃的すぎて、動揺と怒りと興奮がない交ぜになった。

それで彼女に八つ当たりしたいだけだった。

俺が触られたんだから、胸を触るぐらい許してもらおうという感覚。

一連の出来事の発端は、昨夜俺が、広瀬の胸に無意識のうちに手を伸ばしたせいだったから。

とはいえあんなの一瞬のことで、感触なんか覚えていない。

それなのに俺は同期の女の前で射精するという醜態をさらしたのだ。

だから、ただほんの少し触ろうと思っただけだった。でも触れているうちに行為は止まらなくなった。罪悪感でいっぱいらしい広瀬が拒まないから余計に。

――最近覚えはじめた彼女の髪の香り。

キスをした後の表情。

さっき初めて聞いた、小さな喘ぎ声。

恋人にしか見せないだろうそれらを、もっと見たいと思った。

きっと俺が知らない広瀬はいっぱいいる。

「ひゃっ……んっ」

胸に触れていれば、自然にそこには指が伸びてしまう。彼女の小さな胸の尖りを摘まむと、広瀬はかわいらしい声を上げて、そしてそれを悔やむように片手で口元を覆った。

――最悪だ。

そういう仕草が余計に男を煽るのだと、この女はわかっているのか？

ほら、だからすぐにやめてやろうと思っていたのに止まらなくなるだろう。

俺はもっと彼女の声を聞きたくなって胸の先をいじる。きゅっと摘まんだりこすり上げたり、くるくる円を描くように動かしたり。そのたびに小さく震える広瀬がかわいい。

服を脱がして素肌を見たい。どんな胸の形をしているのか、乳首の色は？　舐めたらもっと気持ちよくしてあげられるのに。

だが、それをするのはさすがにまずいので、代わりに俺の舌の届く範囲を舐める。項や耳のうしろや、わずかに見える肩も。

「はぁ……んっ」

覗き込めば、涙目で耐える広瀬の横顔が見える。羞恥に頬を染めながら快感に耐えるその表情を見ていると、こちらに向かせてキスをしたくなった。

俺は彼女とのキスがどんなものか知っている。

唇の柔らかさも、舌の絡め方も、唾液(だえき)の味も。

それがどれほど気持ちいいかも。

――まずい、これ以上は。

頭の中で何度となく、これ以上はダメだという声が聞こえてくる。

腹いせにしてはやりすぎだ。恋人でもない相手にしていいことじゃない。

そんな思考とは裏腹に、手は勝手に動いていく。嫌がったらすぐにやめればいいのだと言い訳し、広瀬が俺の行為をどこまで許すのか知りたくなった。

俺は広瀬の胸を揉んでいた手を、腹へと滑らせた。広瀬の腰はやっぱり細くて、俺は彼女の裸を見られない代わりに思う存分肌をなぞる。

そうして、キュロットに手をかけた時、さすがに広瀬の体が強張った。

「上谷っ！　ダメッ！」

彼女の体は緊張と興奮で汗ばんでいた。そして手を伸ばした先の下着は熱く湿り気を帯(お)びている。俺はためらいを捨てて、そこに触れた。

「上谷！」

「怖がらなくていい……言ったはずだ。気持ちよくイかせてやる」

「やっ！　これ以上はダメ！　上谷！」

「俺にも広瀬がイくところを見る権利がある」

そんなもんねーよ、と冷静な部分の自分が反論する。

けれど広瀬はその言葉で逃げかけていた体を留めてしまう。

逃げていいんだ、広瀬。俺はおまえが逃げれば追ったりしない。

だから力を抜いてやったのに、広瀬は涙目で俺を見上げた。

睨みつけているような、困っているような、戸惑っているような——でもそこに怯えは見えない。俺はそのことに安堵する。

「大丈夫だから」

俺は広瀬のこめかみに唇を寄せ、同時に下着の上で指を動かす。彼女の形を確かめるように上下にゆっくりとこすった。少しでも恐怖を見せれば、いつでも引くと意思表示するように。

けれど広瀬はきゅっと唇を結ぶと、顔を背けて目を伏せた。俺はそれを都合よく承諾の意として受け取る。

——触れたくてたまらなかった。

腕の中におさまる華奢な体を、彼女の体のラインを確かめたい。

肌の感触を、その柔らかさを味わって、色香を放つ姿を見たい。

喘ぐ声を聞きたい。

それはきっと、男の本能的な欲求。

指先が潤っていくのを感じて、そこをささやかに嬲った。同時に胸の先も優しくいたぶり、耳たぶを食む。動きを速めていくと、彼女の秘めた部分が膨らんで居場所を教えてきた。

広瀬は声にならない息を吐いて、小さく身震いする。さっきまでソファにだらりと置かれていた手は、ぎゅっと握りしめられていた。そこに広瀬の葛藤が見える気がした。

拒みたい、拒めない。

感じたくない、でも感じてしまう。

理性が残っているから、相反する二つの感情がせめぎあってしまう。

それは俺も同じだった。

思うままに蹂躙してしまえば、お互い楽になるのかもしれない。でもそうすれば、きっと俺は行為を止められずに一線を越えてしまうだろう。

それだけはダメだ。

いや、本当はもうとっくにダメなことをしている。

だけど気持ちよく彼女をイかせたい。

俺は少しためらいつつ、下着の中に指を入れて彼女に直接触れた。

「やっ！　あっ」

拒否の言葉は聞きたくなくて、あえて強引に敏感な部分をこすり上げる。異様な状況で、すでに互いに興奮しているためか、広瀬のそこは思った以上に濡れていた。

わざと音をたててかきまぜたくなるのを耐えて、ことさら優しく、でも激しく触れる。

「か、みやっ、だめっ、あんっ」

「かわいい広瀬。声は我慢しなくていい」

「ばかっ、ばか！」

広瀬の悪態さえ、かわいく思える。

耐えようとしているのに震えて、声を殺そうとしても漏れて、体は正直に濡れていく。

俺の男の部分も急激に膨張してきた。今ならむしろ積極的に広瀬に触ってもらいたいとさえ思う。

彼女の中に指を入れたいのをこらえて、秘めた蕾だけに狙いを定めた。

指を入れて彼女の中がどんなものか知れば、きっと俺はそれを自分の身をもって確かめてみたくなる。

それだけは避けたい。

滑りをよくしたそこを弄ぶのは簡単で、俺は広瀬の声や体が反応する場所を探りながら触れた。蜜はどんどん溢れていって、声を必死に殺す彼女の口からは熱い吐息が漏れる。

「やっ……かみ、や、あっ」

「イきそう？」

声がかわいい。耐えようとするところが健気に見えて、俺は自分の唇が届く範囲にキスを落とす。

「……っ」

広瀬は両手で口元を押さえながら、俺の腕の中で小刻みに震えて達した。

「イけた？」

「ばかっ、ばかっ！　上谷のばかっ」

「ああ、大丈夫、かわいかった」

俺は広瀬に触れていた手を、名残惜しく思いつつ離す。そして彼女の震えが落ち着くまで、ゆるく抱きしめた。俺自身も自分を落ち着かせる必要があって、すぐには動けない。

互いの口から漏れるのは快楽の余韻を示す息だけ。

しんと静まった部屋に呼吸の音だけが響く。

「上谷……これで許してくれるんだよね？」

気の抜けた小さなささやき声で広瀬が言う。

――広瀬は俺に対して、もっと抵抗してよかった。逃げてよかった。こんな形で許しを請う必要なんか本当はなかった。

でも俺はずるいから、そんなことは口にしない。

「ああ、これでおあいこだ」

なだれながら頷く。

「上谷、もう腕ほどいて」

「ごめん。もう少しこのままでいろ。今、動かれるのは困る」

俺の言葉の意味をきちんと把握して、広瀬が身を固くした。そして力尽きたようにうなだれながら頷く。

そうして俺はもうしばらくの間、広瀬の体を抱きしめてその感触や香りを味わった。

＊＊＊

月曜日の朝、仕事に行けることをこれほど嬉しく思った日があっただろうか、いやない。

入社式の日でさえ私は、嬉しさよりも緊張が勝っていたから。

仕事って素晴らしい。会社があってよかったと、私はいつも以上に仕事に精を出した。

社員旅行のあの夜から私の精神は徐々に削られていき、つい先日の土曜の夜にゼロになった。

いや、むしろマイナスだよ。精神力どころか生命力まで削られた気がする。

私は社食のランチで自分の体内を浄化すべく、野菜オンリーのメニューである精進ランチをいただいていた。

「真雪。月曜からえらく質素ね」

「今の私にはちょうどいいよ」

環奈はといえば、私とは真逆に贅沢お肉ランチをトレイにのせていた。

月曜から精力的ですなあ。

「そういえば、上谷の話聞いた？」

私は思わずむせそうになるのを必死でこらえる。

なぜにここで上谷の話題？　今の私には禁句なんだけど！

「今期の営業成績、今のところ社内トップだって。これまで難しかった地方の老舗企業とかとも契約結んだらしくて、上層部が朝から騒いでいた。今期のＭＶＰも上谷が獲りそうだねー」

同期の中でも上谷は出世頭だ。エリートコースまっしぐらで、将来有望なイケメン。

「また女子社員の注目浴びそう」と環奈が続けた。

あの男はいつだって女子社員の関心を集めている。

遠距離恋愛中の恋人がいると噂が広がったから、ここ最近は下火になっていただけ。

別れたことを知られれば、またあいつの周囲は騒がしくなるだろう。

そんなことを考えているうちに、土曜日の夜のことを思い出してしまう。

あの日の私はおかしかった。そのせいで上谷もおかしくなって、私たちはおかしなことをしてしまった。

単なる同期同士がしていいことじゃなかった。

儀式のキスだって際どいのに、もうあれはレッドカードだ。一発退場ものだ。いや、できるなら積極的に退場したい！

「そういえば、土曜日の夜、行ってきたよ」

「へ？　は？　土曜日!?」

土曜日の夜！　それも禁止ワードですよ、環奈さんっ！

「ほら、この間の土曜日の夜は新月だから、特別なヨガプログラムがあるって紹介してもらったじゃない？　新月に合わせた瞑想(めいそう)ヨガ、よかったよー。リラックスできて」

ああ、そういえば誘われたのを思い出す。

運動不足解消に環奈がヨガに興味を持っていて、実際通っている子に話を聞いて体験会があるから一緒にどうかと誘われたのだ。

時間帯がアレでなければ、私だって行ってみたかった。

「新月ってね、物事の始まりだとか浄化だとかを意味するんだって。なにか新しいものを始めるには最適だって聞いたから、いい機会だと思って入会してきちゃった」

新月……そっか、あの日は新月だったんだ。

え？　もしかして私たちがおかしくなったのって、新月のせい？

満月といい、新月といい、なにもかもお月さまのせいにしたい！

「他にはねえ、新月は、願望が叶いやすい時とも言われてるらしいよ」

「願望？」

願望……土曜日のあれは、願望っていうより欲望だったけど。

満月から始まって満月で終わる私たちの関係。

でも日々月の形が変わっていくように、私たちの関係も変わっていっている。

私と上谷は月のように満ちては欠け、また元の形に戻れるのだろうか。

こんなことになって、前みたいにただの同期に戻れるのかは怪しい。

社食がざわめいたので辺りを見回し、何気なく見た先に上谷がいた。

「あ、上谷……って、あいつどうしたの？　なんか色気がダダ漏れじゃない？」

環奈の言う通り、上谷はどことなく気だるそうで、憂いを帯びているような、なんとも言えない空気を纏っている。

――あの夜、私たちはおかしくなって、越えてはいけない一線を越えてしまった。

キスだけなら儀式のためだって言い訳が可能なのに、それ以上の行為に及んでしまったのだ。

最後の最後まではいっていないけれど、もはやそれになんの意味があるのか、私にはわからない。

私は上谷から目をそらして、ランチに手をつける。

理性のリミッターが振りきれてしまった私たちは……きっともう元には戻れない。

そんな予感がした。

＊　＊　＊

満月だったあの日、私たちの関係は奇妙な方向に変わってしまった。

そして新月だった土曜日の夜から、私たちの関係はさらにおかしなものになっている。

一緒に暮らして、毎晩キスをして、さらに距離を縮める行為をしたせいで、少し前まであった遠慮がほとんどなくなった。

朝食を一緒に食べる。洗濯機も一緒に回して、下着以外は手の空いたほうが干す。どちらかが食器の後片づけをすれば、もう一人は部屋に掃除機をかける。

互いの個室に閉じこもることもなくなって、二人で一緒にテレビを見たり、雑誌を読んだりして寛ぐようになった。

私たちがあの夜、奇妙な行為をしたことには、お互いに触れないでいる。

もちろんあんなこと、あれ以来していない。

それが正しいことのはずなのに、私はもやもやした感覚をずっと抱いていて、それがなんなのかわからずにいる。

食べ物を食べているのに味がしないみたいな、水を飲んでいるのに喉が渇くみたいな、変な感じがするのだ。

『今夜は早めに帰れそうだから食事は俺が準備する。おまえは何時頃になりそう？』

夕方近くになると、上谷から送られてくるメッセージ。

まるで恋人同士のようなやりとりだけど、状況上必要なものであって、色っぽい意味などない。

仕方がないけど……！　本当にこの男は仕事だけでなくプライベートも、そつなくこなしすぎだよ！

私は上谷の気遣いや、優しさや、マメさに頼って、まるでぬるま湯みたいな生活を送っているのだ。

それが心地悪いわけがない！

事情があって関わるただの同期相手にここまでやれるのだ。恋人には、どんだけ甘くなるんだろうか。

『いつもの時間に帰れると思う。食事の準備ありがとう』

私は心を無にして返事を送った。

――こんな男相手に、ライバル心を燃やしていた過去の自分がバカみたいだと思う。

本当に私が勝手に憎たらしく思っていただけで、上谷はいつだってニュートラルだった。

どうりで手ごたえがなかったはずだよ。

私はスマホをしまい、さっさと仕事を片づけようとパソコンに向かった。

その時だった。

「広瀬さん！　ちょっと」

課長に大きな声で呼ばれて、はっとして返事をした。いつも穏やかな課長が大声を出すのは珍しくて、嫌な予感がしながら向かう。

課長の前にはしゅんとした風情の二年目男性社員が立っていて、すまなそうに私を見た。

「この企画書、広瀬さんもチェックしたって聞いたんだけど」

私は課長に渡されたものを見た。

確かに二年目くんに『これで大丈夫ですかね？』と内容の一部について質問されて答えたものだ。

過去のデータが必要な案件の、添付資料として作成されたものだった。最後は企画チーフが確認して承認されたはずだけど。

「そうか……広瀬さんの時点で、すでに見落としていたようだね」

明日の上層部へのプレゼンで使用する資料で、すでに配布部数分、印刷して準備していた。けれど、ここにきてミスが発覚したのだという。

「早急にやり直しが必要ですね」

「広瀬さん、手伝ってもらえるかな？　チーフは打ち合わせに出かけていて、帰社するのは数時間後になりそうだ」

「わかりました」

「広瀬さん！　すみません」

「私も確認不足だった、ごめんね」

これで残業確定だ。

でも仕方がない。会議は明日なのだし、私だってサポートしてきた案件である。

上谷がせっかく夕食準備してくれるのに無駄にしちゃうなあ、連絡しなきゃ。

――って、それどころじゃないよ！

私はハッとして時計を見た。

必要なデータをまず探してきて、それを資料に落とし込んで、印刷してって……タイムリミットに間に合うとは思えない!!

私は二年目くん以上に顔から血の気が引き、速攻で上谷に電話した。

どう考えても残業をしないわけにはいかず、私は動揺も露（あら）わに上谷に訴えた。

けれど私が狼狽えるのをよそに、上谷は少し無言になった後、『その時刻の前に会社に行く。おまえは、トイレに行くとでも言って抜けてこい』と言った。

上谷は外回りから直帰の予定だったのに、私のせいでまた会社に来ないといけない。

それも微妙な時間帯に。

たった一分程度のキスのために、出戻りさせるのが申し訳なかった。

けれど、上谷がいないと私は会社で呼吸困難を起こしてしまう可能性がある。

救急車を呼ばれたら大事だ。

私は少々ハラハラしながらも、テキパキと仕事をこなした。

二年目くんが申し訳なさそうにしながらも、頑張ってデータの打ち直しをやっていた。

「広瀬さん、本当にすみません。本来関係ないのに巻き込んでしまって」

「ああ、うん。いいよ、もう」

正直、今の私はそれどころじゃない。

私は今度こそデータの内容に間違いがないか慎重にチェックした。

上層部の中には、顧客ニーズや調査結果をなにより重要視する人もいる。

その大事なデータが間違っていたとなると、怒鳴られるのは目に見えている。

実際私も過去、似たようなミスをして、プレゼンでこてんぱんにやられた経験があった。

「広瀬さん、入力終わりました」

「じゃあ、チェックする。こっちももう一度チェックし直して、大丈夫だったら課長に確認してもらおう。それが全部終わったら印刷するよ！」

「はいっ」

私は再度数字やグラフとにらめっこする。

「広瀬さん」

「んー」

「お詫びに今度、ごはん奢ります」

「いいよ、別に」

「いえ奢らせてください。今度、空いている日、教えてください」

「あー、考えておく。今は集中しよう」

私はそう答えつつ社交辞令としてさらりと流した。どうせ夜、自由に出かけられる日なんて当分ない。

「はい！」

だんだんと社内から人気がなくなっていく中、私たちは作業を続けた。

ふとスマホのバイブが鳴って、私は慌てて確認する。

見ると上谷からで、『会社についた。トイレまで出てこい』という内容だった。

時刻もちょうど十分前……

さすが上谷、ちょうどいい時間だ。

「私、お手洗いに行ってくる」

そう言って抜け出した。

ちなみに上谷が指定したのは役員フロアの階にあるトイレだ。

私は普段そんなところに行かないので、こんな遅い時間に忍び込んでいいのだろうかと思ったけれど、廊下には薄暗いながらも明かりがついていた。

フロアの端にあるトイレは、ちょうど廊下を曲がった先にあって人目にはつきにくい。

角を曲がると上谷が壁にもたれて、スーツ姿で立っていた。

「上谷」

小さな声で名前を呼ぶ。

そこに上谷がいてくれて、私は心からほっとしていた。

こんな緊急事態でも落ち着いて対処するところはさすがだよ、上谷！

「わざわざ来させてごめん。ありがとう」

「いや……おまえこそお疲れ。災難だったな。とりあえず行くぞ」

「う、うん！」

本当にできた男だよ！　普通なら、ぶうぶう文句を言われたって仕方がないのに。

今回の件に一緒に巻き込まれた相手が上谷じゃなかったら、いろいろ大変だったかもしれない。

考えてみれば上谷は、こんなことになってから一度だって迷惑そうにしたり、文句を言ったりはしなかった。

それどころか、こうなってからずっと、私のことを気にかけてくれているのだと今更気づく。

なんせ、上谷は今、私のために女子トイレに入ってくれるんだからさ！

役員フロアも、ほとんど人がいないようだった。

だからわざわざトイレの個室にまで入る必要はないのかもしれない。でも私たちは念の為、一番奥の個室に入る。

さすが役員フロアということもあって、他のフロアより内装が落ち着いていて綺麗だ。

おかげでトイレでキスをするのも耐えられそう。

「本当にごめん！　女子トイレにまで来させて」

「人生初だな、女子トイレに入るのは」

「だよね……ごめん」

大人二人が入ればトイレの個室は窮屈になる。上谷は自然と私の腰に腕を回して、私は私で上谷に近づいた。

「いい。もう謝らなくて。おまえのせいじゃない」

「うん、ありがとう」

本当に慣れって怖い。パーソナルスペースって、案外簡単にゼロになる。

最近では私は、上谷がいてくれることに安堵(あんど)し始めているのだ。

少し前まで近づきたくなかったのに、こんなに近づいても平気になって。

そばにいればむかついていたのに、今はほっと安心して。

「広瀬が素直だと……調子が狂う」

「気持ち悪い？」

上谷の手が私の頬に伸びる。いつもキスの時間を計っているスマホは、今はまだおそらく上谷のスーツのポケットの中だ。でもこの男に任せておけば、いつも通りきちんと段取りを整えてくれるだろう。

私はただ身を委(ゆだ)ねればいい。

キスを受け止めればいい。

「いや……かわいくて困るな」

え？　と思う間もなく私の唇は、上谷によって塞がれた。

新月の夜……上谷は何度か『かわいい』と口にした。しかしそれ以来、言ったことはなかった。

だからあれは、ああいう状況下に置かれるとこの男の口から自然に出てくる口癖のようなものだと思っていた。

けれどここで改めてそう言われて、私の心臓はいつになくバクバクする。

もう何度もキスをしているのに、今初めてするみたいに緊張して恥ずかしくて仕方がない。

上谷の舌は忙しく動くから、私は必死でついていく。

——この男、最悪だ。

こんな状況でこんな場所で、あんな甘い言葉を吐くなんて。

片方の手は私の頬を包んで顔を固定して、もう片方の手は私の頭を優しく撫でる。キスは激しく淫らで、互いの唾液を溢れさせて呑み合う、いやらしいもの。

もう、こんなの儀式じゃない気がした。

——私たちは、いつからこんなキスをするようになったんだろう。

おそるおそる探り合うようなものでなくなって、すでに知り尽くした相手の気持ちいい場所を狙う動き。

頭を撫でていたはずの手は、背中に回り、ぎゅっと抱きしめられる。

その行為にどういう意味があるのか、私にはわからない。

ただ体を支えるためなのか、もしくは意味なんかなく無意識の仕草なのか。
そう言う私の手だって、上谷のスーツを握りしめてしまっている。
――まずいよ、上谷。
あんた……なんでこんな風に優しいの。
なんで気遣ってくれるの？
嫌々されても仕方がないような行為を、どうして慈しむように大事そうにするの？
唇が離れて、私は思わず縋（すが）りつきそうになる。
目を開けると上谷もまた、私をじっと見つめていた。
「どうした？　大丈夫か？」
私は急激に恥（は）ずかしくなって、上谷の胸に顔を埋（うず）める。
どうしても今の顔を見られたくなかった。
私はきっと物欲しそうな顔をしている。
もっとキスしてほしい。抱きしめてほしい。触れてほしい。
体がそう、きゅんきゅん叫んでいるのがわかる。
なにコレ……なんで、上谷相手に……どうして!?
「広瀬？」
上谷は私を引き離すでもなく、優しく背中を撫（な）でてくれた。

私の中に湧き上がってくるのは泣きたくなるような、切ないような、嬉しいような、そんな複雑な感情。

理性で留めることができずに勝手に生まれてくるもの。

これは……まずい。

まずいよ！

おかしいよ！

「ごめん、ありがとう。仕事に戻る」

「広瀬」

手を伸ばして上谷の胸を押したのに、やつは私を離さなかった。

「上谷……戻らないと」

「もう少し待て。おまえ、そんな表情で仕事に戻るのはダメだ」

私は、かっと恥(は)ずかしくなった。上谷の言葉の意味がわかったからだ。

私は見られたくなくて、両手で顔を覆(おお)った。情けなくて惨(みじ)めでたまらない。

なんだって上谷相手に欲を感じているのよ！

いくら恋人いない歴がちょっと長引いているからって、おかしいよ！

——このまま上谷のそばにい続けるのは、私の顔も心もざわついたままになって苦しい。

私は再度、上谷の胸を押して個室の鍵を開けた。上谷も腕を離してくれる。

「広瀬……」

「うん、わかっている。大丈夫、ちょっと落ち着いてから戻る」

「仕事、まだかかるのか？　手伝いに行こうか？」

「いい。もう少しで終わるし、違う部の上谷に手伝ってもらうのは、なんかおかしいし。こうして来てくれただけでありがたいと思っているから」

私は一応トイレの洗面台で手を洗った。いっそ顔も洗ってすっきりさせたい気分だけど、化粧を落とすわけにはいかない。そこで、鏡を見て自分の口紅が乱れているのに気づいた。

うわっ、本気で最悪だ！

化粧ポーチぐらい持ってくるんだった。夕方塗り直したのが仇になったよ。

私は鏡から目をそらして、洗面台に備え付けられていたボックスティッシュで口元を拭った。

「帰る時、電話しろ。迎えにくる」

「大丈夫」

「……だったらタクシー使って帰ってこいよ」

「うん」

とりあえず素直に頷いた。

今は一刻も早く上谷のそばから離れなきゃ。

なんだか妙なものがダダ漏れになりそうだ。

「先に戻るね」

「ああ、俺も少ししたら帰る」

「本当にありがとう」

きゅんきゅん、きゅんきゅん心が鳴く。

久しぶりの感情に混乱してしまう。

私はもう一度、指先で唇を拭って仕事に戻った。

＊　＊　＊

広瀬を見送った後、俺は急いで会社から離れた。

心臓がばくばくして、自分でも興奮しているのがわかる。

「なんだよ……あれ」

俺は無意識に唇に触れていた手を、慌てて離した。

——広瀬から涙声で連絡があったのは夕方。急なトラブルでどうしても残業することになったと、電話口でまくしたてた。

　こんなことになってから、お互いにタイムリミットに間に合わなくなるような残業だけはせずに済むよう仕事の調整をしてきた。それでも、どうしようもない事態に陥る可能性はあった。むしろ今までなかったのは、ただ単に運がよかっただけとも言える。広瀬はしきりに『わざわざ来てもらう羽目になってごめん！』と叫んでいた。

　俺はあまり気にしていなかったけれど、彼女にとっては気になることだったようだ。他人に借りをつくりたくないところは広瀬らしい。

　さっぱりしてしっかりしているし、頼もしいところもある。俺と同居し始めても、甘えたり頼ったりすることはない。

はたから見ると、気が強いとか、かわいげがなく見えるのはそういう部分からだろう。

でも俺は、広瀬が本当はどんな女か知り始めている。

すっぴんでテレビを見て大口開けて笑ったり、互いのものが交ざり合った洗濯物をなんともいえない表情で干していたり、整理整頓は億劫そうにやっていたりする。

　彼女が作り置きしていたおかずたちは、きんぴらごぼうやひじきや煮物といった茶色いものばかりで、普段とあまりにキャラが違いすぎて笑ったら怒られた。

　儀式の前になると少ししおらしくなって、そしてキスをすれば情事の後のような空気を纏う。

それは俺の情欲を刺激するのに充分な色香を放っていた。

けれどさっき役員フロアのトイレへと駆け込んできた広瀬は、今まで見たどの姿とも違っていた。俺の姿を見るなり、ものすごくほっとした緩んだ表情を見せた。

普段はしっかりしている彼女が見せた、小さな隙。

あの瞬間、俺はすぐにでも広瀬を抱きしめたくなって、そしてそんな風に感じた自分に素直に驚いた。

思考するより先に、体が反応する、心が反応する。

それは理性では止められない衝動。

だから気持ちを込めたキスをした。

儀式にかこつけて、俺は感情のおもむくまま、ただ広瀬にキスをしたいと思った。

抱きしめて、頬に触れて、唇を塞いで、ただキスを——

だからか、キスの後の広瀬の様子もいつもとは違って見えて、俺はあのまま仕事に戻すのをためらうほどだった。

「まずいな。興奮がおさまらない」

俺は部屋に戻るとすぐにシャワーを浴びた。

バスルームには彼女が使っているシャンプー類があたりまえのように並んでいて、そういうものにさえ勝手に体が反応しそうになる。

目にすることはなくとも、彼女の体のラインを、肌の感触を、指は覚えている。柔らかく揺れる胸も、少しずつ硬くなっていく小さな尖りも、纏わりつく蜜も。

俺はシャワーを浴びながら、自身に手を添えた。

初めて彼女に触れた夜を思い出しながら、今は細い指でこんな風にしごいてもらえたらと考えてしまう。

これらの衝動がただの性欲からなのか、広瀬に対して特別な感情を抱き始めているせいなのか区別がつかない。

俺はなかばヤケになりつつ、そこを鎮めるべく手を動かす。

「なにやってんだ……俺は！」

こんなのは一時的な気休めにしかならない。

広瀬は今夜も、ここに帰ってくる。そして明日の夜も俺たちは深いキスを交わす。

儀式をしながらも、その中にはおそらく俺自身の欲求が含まれ始めている。

白濁がシャワーの湯とともに流れていっても、すっきりするどころかますます気が滅入った。

俺はバスルームを出て、リビングで時刻を確かめた。

今からジョギングにでも出かけて気分転換したほうがいいのかもしれない。このままだと俺は、帰ってきた広瀬に欲をぶつける可能性もある。

土曜日のあの夜、俺は広瀬に触れるべきじゃなかった。

恋人と別れたばかりだったとしても、あんなことがあったとしても、戯れたのが間違いで——

そこでふと我に返った。

もし恋人と別れていなければ、俺は広瀬に触れずにいられた？

今となっては、それさえもうわからない。

俺は窓から見える月の存在に気づいて、ぼんやりそれを眺めた。

いつの間にか位置も形も変わっていくのに、あたりまえのようにいつも空に在る。

俺にとって広瀬はそういう存在なのかもしれない。

ずっとそばにいても今までは意識することはなかった。けれど意識してしまえば、見たくなって知りたくなって触れたくなる。抑えようとしても抑えられない衝動。こんな感情を抱くのは、おそらく広瀬にだけだと思う。

それはもう、ただの性欲じゃない。

触れたいのは——惹かれているからだ。

俺は自分の思考にびっくりして口元を手で覆った。どっと疲労が押し寄せてくる。

——新月から、ふたたび光を増していく月。あの夜の神社の満月が脳裏を過る。

満月の夜から始まって、満月の夜に終わる儀式。

俺たちが行うことになった儀式の期間はもう、折返し地点を過ぎた。儀式として接吻を交わす機会は限られている。

「まさか俺が先に広瀬に落ちるとはね……」

俺は複雑な感情を抱きつつ開き直ると、恨めばいいのか感謝すればいいのかわからないまま静かに佇む月を睨みつけて、これからの算段をし始めた。

＊＊＊

私はあの後、夕食に課長が差し入れてくれたお弁当を会社で食べた。

そして上谷に迎えを頼まずタクシーも使わず電車で帰った。

上谷のマンションは駅から近いのに、あいつは心配性なのか私が夜遅くに電車で帰るのをよしとしない。

でも今夜は少し歩いて帰りたい気分だった。

仕事に没頭している間はよかったのに、終わったとたん胸のざわざわが復活して落ち着かなかったから。

新月を終えた月は、これからまた少しずつ膨らんでいく。

あれがまたまんまるになるんだなあと思うと、ちょっと不思議。

いやただ単に太陽と地球との関係性で光の当たり方が違うだけで、月はずーっとまんまるだけど。

私は思考をあちこちに飛ばしつつ、やや緊張した気分で玄関のドアを開ける。

結局、家に帰りついたのは、十時過ぎだった。

リビングに人の気配がないのをいいことに、あてがわれている自室に入って入浴準備をするとすぐにバスルームに直行した。

本当なら上谷にすぐお礼を言うべきだ。

わざわざ会社に出戻って来てくれたんだから。

でも、もしかしたらもう寝ているかもしれないし、部屋で寛いでいるなら邪魔しないほうがいい、そんな言い訳を並べている。

どうせ一緒に住んでいるのだからすぐに顔を合わせる羽目になるんだけど、少しでも上谷に会うのを先延ばしにしたい気分だった。

私は体を洗いながら、おそるおそる脚の間へと指を伸ばす。

洗うつもりで触れた場所は、なんだかいやらしく腫れぼったくなっている気がした。

それに表面的にはなんの変化もないけれど、その奥には密かに溜まっているものがありそうだ。

「欲求不満……かな」

前の彼氏と別れてからセックスはしていない。付き合っている男以外とセックスした経験もない。

なのに――この間あんなことしちゃったから。

毎晩深いキスをして、あげくの果てに久しぶりの快楽を味わった。

儀式を続けてきたからか、上谷と触れ合うことに抵抗が薄れて、むしろあいつの手の感触に慣れてしまった。

頬を包む大きな手が、私の胸を揉み、その先をいたぶり、さらに敏感な場所をまさぐって私を高みに昇らせた。

あれを私の体は覚えている。

「上谷相手に性欲感じるとか……最低だよ」

私はシャワーを頭からかけて泡を洗い流していく。

不意に蘇(よみがえ)ってくるのは『かわいい』と呟く上谷の低い声。

――これは性欲からくるものであって、決して恋愛感情なんかじゃない！

お風呂から上がって、やや乱暴に髪をかわかして洗面室を出ると、間接照明だけの薄暗いリビングに人の気配があった。

見ると上谷がソファに座ってワインをあけている。

ワイングラスを手にした上谷は、照明が暗いせいかどことなく憂(うれ)いを帯(お)びた風情(ふぜい)を醸(かも)

し出していた。

私はごくりと唾液を呑み込んだ。

すぐに部屋に戻りたい気もしたけれど、お礼を言わないわけにはいかない。

私はおそるおそる近づいて、小さく名前を呼ぶ。

「上谷……」

「お帰り広瀬。お疲れ」

「今日はありがとう。助かった」

「もうそれは何度も聞いた。おまえも呑む？　グラス一応準備したけどワイン呑めるか？」

さきほどまでの妖しい感じは気のせいだったみたいに、上谷はふわりと柔らかな笑みを浮かべた。

悩んだのは一瞬だった。

だって、トラブルを無事終えた高揚感も残っていたし、ご褒美気分で一口ぐらい呑んでも罰はあたらないよね？　という気分だったから。

それにこいつが呑んでいるのを見ると余計に美味しそうに見える。

イケメン効果だろうか。

私は少し上谷から距離を取り、ソファに座った。

「仕事は無事終わったのか？」

「うん、なんとか間に合った」

上谷は慣れた手つきでグラスに注いでくれる。ワインは綺麗な赤い色なんだろうけれど、オレンジ色の照明のせいでよくわからない。私はそれを手にして口に含んだ。

「あ、呑みやすい」

「そう。よかった。おまえから連絡があるかと思って、さっきまで呑まずにいたんだけど……タクシー使ったか？」

ちょっとぎくっとする。

そっか……だから今、呑んでいるんだ。早めに連絡入れてあげればよかったよ。

「思ったより遅くなかったし、タクシー使うなんて贅沢できないよ。ここ、駅から近いし」

お風呂上がりで喉が渇いていたのもあって、私はごくごくとワインを呑んだ。苦味とか、えぐみとかなくて、居酒屋で呑むのとは随分違う。

「広瀬。頼むから駅から歩いて帰るのはやめろ。タクシー代がもったいないなら俺が迎えにいくって言っただろう？」

やや強い口調で上谷に言われて、単純にびっくりした。

確かに最初から上谷は私が夜遅めの時間帯に出歩くのを嫌がっていた。

だからこうして同居することになったんだし。でも、そこまで警戒しなくてもよさそうだけど。

「うちの前の通りは確かに明るいけど、この辺は一本脇に入れば人気（ひとけ）がなくなるんだ」

「心配し過ぎだよ、上谷。私、これぐらいの時間に自分の家に帰ってたことあるし」

「心配する。それに、これまでしてたからいいって問題じゃない。俺は、おまえはもっと自分のことをわかっているんだと思っていた」

そう言った上谷の目は、強く真っ直ぐに私を貫いてきた。

えーと、自分のことはそこそこわかっているけどな。

私がそう思ったのがわかったようで、上谷は眉間に皺（しわ）を寄せた。

「かわいい、って言っただろう？」

「はい？」

「おまえ、見た目はかわいいんだよ！　顔だちとか服装とかも男受けする。社内でも、おまえはかわいいって言われている。口を開くと魅力が半減するとも言われているけど」

かわいいを連発されてちょっとドキドキしていたのに、最後のセリフでムッとする。

最後を言わなきゃよかったよ、上谷。

とはいえ、その自覚はあるよ。黙っていればいいのに、とはよく言われるし。

まあ、でも気分は悪くない。上谷もそう思ってくれていると知り、気恥（きは）ずかしいけど嬉しい。

最後のセリフはいらないけどね。

「俺は……今は、口を開いてもかわいいと思っている、けど……」

はい？　と再度言いかけて口を噤(つぐ)んだ。

この男、なに言った？

「か、上谷……酔っている？」

「これぐらいで酔わない。だから、おまえはかわいいんだから、夜道を一人で歩くなって話だ」

——部屋が薄暗くてよかった。へたするとこれは赤面ものだ。そんなところを見られたくない。

「あー、うん、上谷の言いたいことはわかった。気をつける。え、とワイン美味(おい)しかった。今日はありがとう。おやすみなさい」

とりあえず言葉を並べ立てて、そそくさと退散しようと決める。

そうじゃないと、ドキドキしていることとか、きゅんきゅんしていることとか、動揺とか興奮とか羞恥(しゅうち)とか、私らしくないものが出てきそうだったから。

なのに私の腕を掴む男がいる。

触れられたいと思っていた大きな手が、今、私の腕を掴(つか)んで動けなくさせる。

「今夜のお礼……もらいたい」

は？　お礼？　えーとわざわざ会社に来させたこと、だよね？

「あ、うん。なんか奢（おご）ればいい？」

「違う」

「え、と、じゃあ、なにが――」

希望？　そう聞くのは危険だと思った。

上谷の表情も、雰囲気も、色香が漂いすぎていて、それに巻き込まれそうになる。

「広瀬に触りたい」

「……上谷、それは」

今触っているけど……そういう意味じゃないよね？

――新月の夜の行為、あれは私の償（つぐな）いだった。

そして今夜はお礼ですか？

わかっているよ！　上谷がいろいろ大変なのは！　溜まっているだろうことも、あんなことをしたせいで余計に興奮が残っているかもしれないことも。

だって私がそうだもん！

そして一度越えてしまったら、二度も、三度も同じ気がしてしまうことも。

今夜は急な残業で疲れただとか、もう夜も遅いとか。

それは恋人でもないのにまずいよだとか。

ぐるぐる言い訳が頭の中をまわるけど、そのどれもが今更だ。

「嫌か？　俺に触られるの。キスは許せても、それ以上はダメか？」

上谷は私の腕を強く掴んでいるわけじゃなかった。

振り払えば簡単に自由になれるぐらいの力加減。

なのに私は動けない。なんの反論もできない。

嫌だったら、ダメだったらあの時――新月の夜、必死で抵抗してたよ！

抵抗しなかったのは、嫌じゃなかったからだ。

ただの罪悪感で、あの行為を許したわけじゃない。

だって私も欲を感じている。

でも、これが性欲を解消したいからなのか、恋愛感情か、わかんないんだよ！

っていうか、恋愛感情!?

自分で自分の思考にびっくりする。

「最後まではしない。少しだけ、広瀬を感じたい」

自分が好意を抱きつつあるかもしれないイケメンに、縋るように乞われて断れる人がいたら教えてー!!

上谷が怖いことをしないのも、嫌がることをしないのも、無理やりしないのも知っている。

人として信用できる男であることも。

恋人でもない、同期の女相手にこんな申し出をせざるを得ないぐらい切羽詰まっている事情も把握している。

それに私も……触れられたいと望んでいる。

その感情の源はわからなくても、上谷とこうするのは嫌じゃない。

むしろ心地いい。

ソファの上で、背後から抱きしめられる形で、私は上谷の腕の中にいた。

それは、この間と同じ体勢。

すぐに肌に伸ばされると思っていた手は、私を抱きしめたままだ。まるで大きな子どもを背中におんぶしているような形だけれど、そんなほのぼのした空気は微塵もない。

「風呂に入って落ち着かせたり、酒を呑んで気を紛らわせたり、俺なりになんとかしようとしたんだが……」

背後から聞こえるくぐもった声はまるで懺悔をするみたいで、かなり落ち込んでいるのが伝わってくる。

「でも治まらないし、おまえを見たらもうダメだった」

ええと、意訳すると性欲が溜まりまくっていて、自分なりに対処したけどうまくいかなくて、興奮しっぱなしだということでしょうか？

で――私に触れたいと。

それは、こういうおんぶで満足できるようなものじゃなくてってことですよね。だって、ちょっと動いたら腰のあたりになんか硬いものがある気がするもん。

そして非常に困ったことに、私はそれが嫌じゃないんだよ――上谷。

ダメだって思うし、応じちゃいけないと思うし、こんなのよくないと思うし。いろいろ手遅れだけど、ここで踏み止まるのが賢明だと思う。でも、ちくちくじくじく胸が痛いんだよ。

恋人ではない私にそういうことを求めるというのは、性欲解消の相手として選ばれたってことだ。

バカにされているんだろうし、都合よく扱われているんだろうし失礼な話だ。

「本当に、上谷って最低」

「ごめん」

「上谷なら、喜んで相手する女いると思うよ」

「……ああ、まあ、だろうな。でも、そういうのじゃない」

まあ、そうかもね。わざわざ外で探さなくったって、抵抗もしないし、言いふらしもしない、後腐れのない女がこんなに近くにいるんだもん。

「広瀬、嫌なら拒んでくれ」

ぎゅっと抱きしめながら言うセリフじゃないでしょう？

こいつはあくまでも私からの許可を求めている。

それって、私の意見を尊重しているわけでなく、責任を私に押し付けたいだけだ。

ずるいねー。

でも私もずるい。上谷はこう言っているんだから私は拒めばいい。

それなのにはっきりと拒まず、むしろ上谷に抱かれることを期待している。抱きしめるこの手に触れられたいから――

私だって最悪だ。

「……触るだけ。服脱がしちゃダメ」

「ああ」

「あ、見るのもダメ」

「わかった」

上衣の裾からすぐに上谷の手が入り込む。即座にブラのホックがはずされて胸を掌（てのひら）で包まれた。

あまりにも素早すぎて戸惑う暇もない。

けれどその手は、もどかしいほど優しく動いた。下から持ち上げては、そっと揉む。

ふわふわと感触を楽しむような手つきは、私の胸で遊んでいるようだ。

「肌、綺麗（きれい）だな。すべすべだ」

片方は胸を揉んだまま、もう片方の手が私のおへその周囲を撫（な）でる。あばらや腰骨を行き来しては胸に戻り、ふたたびお腹を優しく這（は）っていく。

たったそれだけの動きで、肌がざわつくのがわかった。自分で触ってもなんともないのに、上谷に触られると背筋がぞくぞくする。上谷の手は私の体を敏感にすべく誘導しているようだ。

息が上がる。体温も高まっていく。

背後から抱きしめられてこうして触れられると、自分が小さくて弱い存在になった気分だ。

そうして油断していると、上谷が胸の先を指でころがし始めた。

「んんっ」

そっと、羽がかするほどの刺激だったのに声が出た。

それもあきらかに感じている声が。

上谷は両方の胸の尖（とが）りをくるくると弄（もてあそ）んだ。そのたびに腰骨から這（は）い上がってくる快感が、口から喘（あえ）ぎ声となって出そうになる。

それが嫌で唇を噛んだ。

いやらしくて、気持ちいいよ、上谷の触り方！

「っ……！」

「広瀬、我慢しなくていい」

「だ、って」

「おまえが気持ちよくないと意味がない」

「私は別に、いいっ！　そんな気遣わないで。上谷のいいように――」

きゅっと乳首を指で挟まれた。緩い刺激で敏感になっていたそこは、あっという間に硬くなっていく。

「ひゃっ……あんっ」

「バカか！　おまえは。これ以上、俺を煽ってどうする！」

は？　なんで私が怒鳴られるの？　それに煽ってないし！　今さっき我慢するなって言ったのは誰よ！

それより嫌だ！　乳首が敏感になりすぎて気持ちよすぎるよっ。

「煽ってなんか、ないっ」

「男に、いいようにしていいなんて言うな。本当に好きなようにするぞ」

とっくに好きなようにしているじゃん、とは反論できなかった。

上谷はひっかいたり潰したり挟んだり、まさしくいいように私の胸を弄んだ。

私はびくびく震えて、声を殺そうとしてもうまくいかなくて、さらに触られてもないのに下着が濡れていくのがわかった。

胸をいたぶるのと同時に私の首筋や耳に上谷の舌が這う。

舐めていいなんて言ってないし！

「やっ、上谷！　耳舐めないで！」

「他は舐めないから、耳ぐらいいいだろう？」

他のところを舐めちゃダメなのはあたりまえでしょ。だって服脱がすなって、見るなって言ったんだから。

「本当は舐めたい」

ふっと耳に息をふきかけながら、上谷の声が入り込んでくる。

「指よりもっと気持ちよくしてやれるのに……広瀬のここ舐めていじりたい」

「ばかっ！　変なこと、あんっ……んんっ」

私の部屋着のハーフパンツの中に上谷の手が移動する。下着の上にたどり着いた指はそこを、上下にさすった。

「ああ、湿っている……もう少し濡らしていいか？　下着汚れるけど」

「上谷っ……あんっ、やっ」

「気持ちいい？　広瀬」

「んっ……ふっ」

声が殺せなくなる。私がどれほど感じているか、気持ちいいかを上谷に教えてしまう。

それがどうしても嫌で、私は両手で口を押さえた。

「我慢しなくていいのに……俺は広瀬の声、聞きたい」

上谷！　あんたなんでこんな時、饒舌になるの！

あんたのそのセリフが、余計に私を追い詰めるんだけど！

上谷の指はきちんと私の敏感な場所をとらえて、形を確かめてそこを攻めてくる。

胸の先と、そことを嬲られれば、もう体は快楽の色に染まっていくだけだ。

「やっ、上谷、だめっ」

上谷の指が下着を避けて中に入ってきた。ぐちゅっといやらしい音と同時に、広げられたその部分から、なにかがこぼれるのがわかった。

「広瀬の中、熱い……ああ、すげー濡れている。舐めてすすりたい」

「もう喋らないで！　上谷の変態！　ああんっ」

言葉に詰まった途端、指の本数が増えて、ぐしゃぐしゃにかきまぜられた。私は力が入らず上体を上谷に預けるしかなくて、足の先も床から浮いて不安定になる。

ぐちゅぐちゅいやらしい音をたてて上谷の指が出入りする。そして時々かきだすように動く。私の下着は自分の蜜で汚されていった。

ふと、おもむろに下着から指が抜かれた。私の目の前には上谷の大きな手。そして私の蜜に塗れた指があった。淡い明かりの中でも、それは卑猥にてかる。

「直接舐めるのはダメなら……これならいいか？」

そう言うと上谷は、その指を自分の口に入れた。

「いやっ！　ダメッ、上谷っ！」

咄嗟に私は上谷を振り返る。

自分の表情を見られたくなかったし、どんな顔で上谷が私に触れているかも知りたくなかった。

だからずっと俯いていたのに、思わず顔を向けてしまう。

視線の先には、私の蜜に塗れた指をなぶる上谷がいた。

目を伏せ、舌を出して自分の指を舐める上谷は憂いを帯び色香が溢れている。

その表情は、女の欲を刺激するのに充分だった。

「そんなに恥ずかしがるな。そういう表情見せられたら、抑えられない」

それはこっちのセリフだ！

「ばか、ばか……上谷」

「広瀬」

あまりの羞恥に、私は上谷の腕から逃れようと動く。でもうまく力が入らなくて結局、上谷の腕をほどけない。

「広瀬……ごめん。でも触りたい。声が聞きたいし、本当はこういう顔をもっと見たい。抱きたくてたまらない」

これが愛の告白なら感動ものだけど、ただの性欲全開のセリフだ。

そう思わないと全身がきゅんきゅんしてくる。

「もう、やだっ。私ばっかり恥ずかしい目にあっている」

「ごめん。でも、かわいくてたまらない」

「だから！　そういうのやめて！」

イケメンに抱きしめられながら甘い言葉を囁かれるなんて、ある種の拷問だ。それでなくても私はすでに上谷に対して微妙な好意を抱き始めている。

それが自分でもわかる。

こんな泣きそうになりながらぐずぐず反論したって、行動はちっとも伴わない。本気で嫌なら全力で抵抗するはずだ。そうしないのは私が心のどこかで期待しているから。

上谷はそれでも私を抱く腕を緩めずに、頭を優しく撫でる。駄々をこねる子どもを宥めるような仕草がいらつくのに、強張っていた私の体からは無意識のうちに力が抜けた。

そうすると、改めておしりのあたりの硬いものに気づく。

興奮が収まらないから触りたいって話だったけど、ますます落ち着かないいんじゃないの？

それでも触りたいものなの？　私の下着だって、さっきから濡れっぱなしなんだけど！

「上谷……これどうやって収拾つけるつもりなの？」

「そうだな、収拾つけようない。せめておまえだけはなんとかしてやりたいんだけど。ダメか？」

それって私だけまたイかせるってことだよね？

結局、痴態をさらすのは私だけじゃんか！

首筋にかかるのは上谷の吐く熱い息。そして少し速い鼓動。こうした小休止のような状態でも私たちは欲を隠しきれずにいる。

「私だけ恥ずかしいのは嫌……」

「そうか」

「私だけイくのも嫌。上谷もイってよ」

「広瀬」

「脱がなくても入れなくても方法あるんでしょう！」

なかばやけくそになって叫んだ。

このままうやむやにして終わらせるのが本当はいいんだろう。

でも私も上谷もきっと今夜は興奮が冷めない夜を過ごすはずだ。それはきっとお互い精神衛生上よくない。

私たちはもうしばらくは一緒に生活するし、毎晩深いキスを交わす。他に発散する方法だって今は選べない。

「いいのか？　広瀬。俺のを触ることができるか？」

「上谷は私に触るじゃん」

「俺は男だから触りたいさ。でもおまえは大丈夫なのか？」

手で触るくらいは——多分、大丈夫だ。口に含めと言われたら、きっと悩むだろうけど。

こんなことをシミュレーションした時に、すぐさま「拒む」という選択肢が思い浮かばない時点で、もういろいろ手遅れな気がしてきた。でもそんなことはおくびにも出さずに頷くだけにした。

「じゃあおいで、広瀬」

上谷は私を少し離し、自身のハーフパンツをずらした。そうして私と向き合う格好になり、自分の膝の上にまたがらせる。私は片腕を上谷の首のうしろに回した。やっぱり上谷の顔を見られなくて肩に額を寄せる。そうしてもう片方の手は、ゆっくりと上谷によって導（みちび）かれていく。

この間は手を伸ばしかけて、でも結局直接触ることはなかった。

でも今、私の手の中に、熱くて硬くて太いものがある。

そして上谷の手も私に伸びていく。

私たちは向かい合って抱き合って、互いの性器に触りあうという行為に没頭することで、余計な感情を誤魔化した。

＊＊＊

翌朝、上谷と私は昨夜の余韻など一切なく、同じテーブルで朝食をとった。

いつものように今日一日のスケジュールを確認して、帰宅が何時ぐらいになりそうか話し合う。もちろん仕事の状況で変わることはあるので、その場合は連絡する。

お互い本当に何事もなかったかのように振る舞った。

「広瀬、少し考えたんだが……」

その朝食の場で上谷が切り出したのは、儀式が終わる最後の週末に入れていた私の旅行についてだった。

私は結局、旅館のキャンセル料が必要になるギリギリまで結論を出すことを引っ張るつもりだった。もったいなさすぎて踏ん切りがつかなかったし、どうしてもダメな場合は誰かに譲ることも考えていたからだ。

上谷の提案は「車で行ける距離だから……その時間帯に俺も現地へ行ってやる」とい

う最大限の譲歩だった。

私はその時間帯だけ抜け出す算段をすればいい。

最初はちょっと上谷に申し訳なくて遠慮しようと思ったけれど、もらえる気遣いはもらったほうがかえって気が楽だと思い直し、その提案にのった。

キャンセルはもったいないよ！　なかなか予約が取れない宿なんだから！

災い回避のための儀式に耐えたご褒美みたいなもんだ。

でも、そう考えると同時にその日が最後なんだと強く実感する羽目になった。

毎晩顔を合わせる必要がなくなる。当然、同居も解消する。そして私たちはまた、ただの同期に戻る。

仕事が一段落すると考えてしまう、その先の私たちの関係。

最初の関わりはいろいろなハプニングのせいだから潔く記憶から抹消することができた。

でも昨夜のは……もう手遅れになったのだと思う。

服は脱がさなかった。舐めたりしなかった。挿入もなかった。

ただ互いの体に手で触れ合っただけ。

あれはセックスになる？

ならない？

私は上谷の指を受け入れて、そして蜜をこぼし嬌声を上げて達した。

上谷は私の手で溜まっていたものを放出した。

あいつが漏らした吐息を、かすかな声を、落ちる汗を覚えている。

私の手の中で変化していき、汚したものを覚えている。

あんな上谷を知って、私はなにも知らなかった頃に戻れるのだろうか？

優しく撫でる手を、いやらしく動く指を、甘く囁く声を、不意に漏らす言葉を。

忘れることができるの？

徐々に膨らんでくる月のように、新月に芽生えた感情が、どんどん大きくなっている気がした。

＊＊＊

午後八時五十八分、その少し前からキスを始める。

唇を合わせ舌先を絡め唾液を呑みあうキスは、いつしかセックスの前戯のような淫靡さを纏いだした。

これまでは舌を絡めるだけだったのに、今は口内全体に触れ合うようになった。上顎や歯列をなぞり、時折唾液の音さえたてて角度を変えてキスをする。

そうしながら上谷の手は私の胸をまさぐる。

私は拒むことなくそれを受け入れた。

儀式の続きとしてソファで行う(おこな)こと、服は絶対に脱がさないこと、最後まではしないこと。

話し合ったわけでもないのに私たちは暗黙のルールを互いに課し、あの日から約一週間、毎晩この行為を続けていた。

キスによって高められた性欲を鎮めるため——おそらくそんな言い訳を互いに頭の中でしているのだと思う。

上谷のキスは気持ちがよくて、そして今は触れられることに戸惑いもなくなって、むしろ快楽を覚え始めている。

この男はやっぱり、いろいろとうまい。

あっという間に私の感じる場所を把握してしまった。

くやしいことに、私が今まで知らなかった部分まで探って目覚めさせた。

私は今、向かい合わせで上谷の膝の上に抱き上げられて、肌をまさぐられていた。

今日初めておろしたワンピースタイプの部屋着のスカート部分はおへその下あたりまでめくれ上がり、ブラもずらされている。

連日お風呂から上がるたびに、もういっそブラをつけずに出ようかとも思うけれど、それだとまるでそういうことへの期待を意思表示しているようではずせない。

ちなみに下着だけは最初に脱がされるようになった。

だってお風呂上がりにせっかく洗濯済みのものを身につけるのに、結局汚れてしまうんだもん。

上谷の手が胸へと伸びると、ワンピースの裾も胸までずり上げられる。もはや服を脱がずにいる意味があるのか不明だ。

とりあえずワンピースタイプの部屋着はダメだと思った。

胸の先を指先で転がされる。もう片方の手は下に伸びて、私の中からこぼれたものをすくいとって周囲に塗りたくる。

滑りがよくなったそこは、簡単に上谷の指でどろどろにされてしまう。

「んっ……」

「濡れやすくなったな」

「そういうこと言わないで！」

「褒めているんだ。広瀬、俺のもいいか？」

互いに顔を見るのは憚られて、私たちは顔を見なくて済むように密着していた。

私はさらにぎゅっと上谷にしがみついて片手を伸ばしていく。

さっきから太腿にあたっているのは、元気なこいつ自身だ。

上谷はハーフパンツを脱いでいるから、下着の間からそれが顔を覗かせる。私はそこに手を伸ばして、ゆるゆると触れた。

おかしなことをしている自覚はある。

互いの性器を触りあって、高めあって、挿入はしないけどこれはセックスだ。

歪な交わりだとわかっていても、やめられない。

「やんっ……か、みや」

「ゆっくりする。だから素直に感じろ」

「あ……んんっ」

上谷に感じさせられると、どうしても手の動きがおろそかになる。

私は自分の手の動きに集中することで快楽を逃そうと努力してみるけど、相手は一枚上手だ。

私は片方の手で必死に上谷に抱きついた。そうでないと、やつの膝から落ちそうになる。上谷は私の体を支えるのを放棄して、触れるのに夢中になっているからだ。

私の胸と秘所とを同時にいたぶっている。

向かい合っていると、キスしたくなる。

舐めてほしくなるし、邪魔な衣服を剝ぎ取りたくなる。

私はそれを性欲のせいにしたいけれど、もうそれだけではないことに気づき始めていた。

――……好きかも、とか思うな！　私。

すごく優しくされるからって騙されちゃダメだ。

これは期間限定の関係。必ず終わりがくる。

そう今度の日曜日、それが私たちの儀式が終わる日だった。

私は土曜日が最終日だと思い込んでいたけど上谷がきちんと調べたところ、どうやら日曜日らしい。月齢って、いまいちわからない。

満月である日曜日の夜にキスをすれば儀式は完了。

本当に災いが起こらないかどうか確かめるために、その翌日である月曜の夜までは一緒に過ごすことになっているけれど。

上谷のこの部屋で過ごすのも、あと少し。

週末の日中は自分の家に戻って過ごしたけれど、上谷の部屋での生活に慣れたせいか、自分の家なのになんだか他人のものであるような違和感があった。

最初にここで暮らし始めた時は、面倒で気疲れして嫌だと思っていたのに。

いつしか上谷との時間が私の生活の一部になっていて、そして私はそれが終わるのを寂しいと感じている。

そう、儀式が終わるのは嬉しいはずなのに、寂しいなんて認めたくない感情が生まれている。

だから私はこの行為をやめられない。上谷に触られても拒まない。たとえこれが、ものすごく奇妙な関係だとしても。

「上谷っ」

「どうした？　イきそう？」

「あっ……あ、なんでっ」

上谷が指の動きを止めた。せっかくイきかけていたのに、焦らさないでっ！

「もう少し耐えろよ。もっと気持ちよくなれる」

ダメでしょうが、それは！　イけばイくほど、私は欲しくなるんだぞ！　この男がそれを知らないわけがない。

「ひどい、上谷」

「イく直前の広瀬が、かわいいせいだ」

上谷の手が私の頭を撫でる。

優しい手つきなはずなのに、頭を撫でて髪をすいて、毛先を弄ぶその仕草にさえ官能を覚える。

私は快楽が少し和らいだ隙に、上谷のものにふたたび手を伸ばした。体勢のせいで腕が動かしづらくてもぞもぞしていたら、上谷が私の腰を支えた。

少し距離があいたおかげで触りやすくはなったけど、お互いに大事な部分が丸見えだ。

私はできるだけそれを視界に入れないようにしながら手を動かした。

「広瀬……もう少しゆっくり、そう」

こいつの要望通りになんかしたくない。でも、そんな艶のある声で求められたら応じてしまう。

手の中でどんどん硬くなるそれ。先端からはぬるぬるしたものが出ていて、私はそれをやつ自身にのばしていく。男の肌の中でもここは、ものすごく綺麗で滑らかで触り心地がいい。

そんなのも、こいつに触れて初めて知った。

「はっ」

上谷が短く息を吐いた。

私は緩く優しく繊細に指を動かす。激しくこすり上げるよりもむしろ、ゆっくりした動きのほうが上谷を追い詰められるから。

私を支える腕にも力が入った。

上谷が声とも息ともつかない色っぽいものを吐き出す。

私は触られていないのに、上谷のその反応で自分が濡れている気がした。

上谷はもうすぐ達するのだろう。

私も指を動かすのをやめて寸止めしたい気もしたけれど、むしろ私の行為で達する姿を見たくなって、指の動きを速めた。

「広瀬っ」

「うん……」

ティッシュでそこを包み込み、私は上谷を導いた。

＊　＊　＊

広瀬は器用な質なのか、最初こそぎこちなく触れて手を汚すこともあったのに、だんだん手慣れたように後始末をする。

俺が吐き出したものを綺麗に拭き取るこまやかな動きは、普段の大ざっぱな広瀬らしくなく優しい。

俺は欲を出してすっきりしたはずなのに、いまだ体の奥にくすぶった熱がこもっているのに気づいた。

人の欲望に果てはない。ひとつが叶えば、もっとと思い始める。

広瀬にしかけた卑怯な駆け引きは、俺自身を追い詰めていくようだった。

「広瀬？」

俺をイかせて満足したのか、広瀬は勝手に衣服を整え始める。下着まで身につけようと手にしたのを見て、俺は広瀬の腕をひいて抱きしめた。

「上谷っ？」

「なに一人で終わらせている？」

「え？　だって……」

「今度はおまえの番」

「いいよ。私は別に……さっきので充分気持ちよかった」

後半もごもごと小さく言う広瀬は、恥ずかしげに俯く。こんなことになっても広瀬はいまだ戸惑っている。

「俺も気持ちよかった。だからおまえをもっと気持ちよくしてやる」

「上谷！　いいよ、別に！」

「おまえはよくても俺がよくない」

俺は背中から抱きしめるようにして広瀬を膝の上に抱き上げた。両脚が広がり広瀬の綺麗な脚が露わになる。細い足首とふくらはぎとのバランスや膝の位置がちょうどよくて、広瀬の脚は色っぽい。脚フェチではなかったはずなのに、彼女の脚のラインを見ていると欲情するようになった。

「ん？」

ワンピースタイプの部屋着を彼女が今日どういうつもりで選んだのかわからないけれど、俺にはものすごく美味しい格好だ。

最初に服を脱がすな、見るなと言われたことを、俺はなんとなくずっと守っていた。それを破ればこれ以上、一切手出しさせてもらえない気がしたからだ。

唯一許された、触れるという行為で俺は広瀬の感情を推し量る。

俺に触れていいたために遠のいた彼女の快楽を呼び戻すべく、俺は広瀬の胸と脚の間に手を伸ばした。

掌に感じる柔らかな弾力。それとは異なる胸の先の小さな尖り。

ふわふわ柔らかいものの中でそこだけが硬く尖るのが、いやらしいと思う。そしてそこは広瀬の弱い部分だ。

そしてもうひとつの弱点である、脚の間に指を伸ばせば、中に入れずとも濡れているのがわかった。

「あっ……んっ」

「びしょびしょ」

俺はそれをわからせるべく、表面だけをなぞって音をたててやる。

「んんっ」

「もしかして俺の触っているだけで感じた？」

「やっ、ちがっ」

「でもほら、濡れ濡れ」

俺は彼女の形をなぞるようにしてその表面に蜜を塗した。周囲も窪みも小さめのひだも、もう一度官能を目覚めさせるために優しく触れていった。見ることができない分、俺の指は広瀬のいやらしい部分の形を覚えている。

ひらひらとした花びら。蜜が溢れ出る入り口。そしてすぐに隠れてしまう敏感な場所。

くるくると指を滑らせると、腕の中で小さく広瀬が体を震わせる。

「あんっ……やっ、んんっ」

「今度はちゃんとイかせるから……イきたいだけイけばいい」

広瀬が俺を優しく導いたように、俺もそっとその部分をこすった。つつくたびにそこは自ら顔を出して、触れてほしいと存在を主張してくる。

俺はもっとそこを膨らまそうと、緩く激しく刺激を続けた。

――こうして抱いて感じさせるたびに、俺の中に生まれてくる感情がある。

かわいいとか、愛しいとか、そういう甘ったるいものと。

辱めたいとか、乱したいとか、喘がせたいとかいういやらしいものと。

そして、最後まで俺を欲してほしいという身勝手な欲望と――

災いが両者に平等に降りかかればよかったのに、苦しむのは彼女だけ。

俺がキスをすることで回避できるせいで、広瀬はどこか負い目を感じている節がある。

儀式への負い目、同居生活への負い目、そして不用意に俺に触れた負い目。

この行為を許すのは、俺に対する様々な負い目と、キスによって引き起こされる衝動のためだ。

決して、俺に対する純粋な好意からではない。

誰彼構わず、気軽に男に体を許すタイプには見えない。

でも、こんな状況だから流されているのだろうとも思う。

儀式が終了して、同居を解消すれば案外呆気なく元の関係に戻りそうだ。

俺が抱いている気持ちをどのタイミングで伝えるべきか迷いつつ、彼女に触れるのを止められない。余計なことをして残りの期間ぎくしゃくするのも避けたい。

もう少し、広瀬の心が見えれば、俺への好意を感じることができれば口にできるのに。

「あっ……かみ、やっ」

俺はできるだけ優しくゆっくりと広瀬の体を開いていく。

この快楽に身を委ねて、そのまま心も俺に傾けてほしい。

俺の腕の中から離れたくないと、甘えたいと、欲しいと思ってほしい。

そんな思いを込めて、俺は広瀬の肌に触れる。

彼女の中からは、どんどん蜜が溢れて指に絡んだ。体だけは素直に反応しているのが伝わる。

唯一、唇で触れることを許されているうなじや耳たぶにキスを落としながら、俺は指を彼女の中に入れた。熱くぬかるんだそこは、入ってきたものを逃すまいと、すぐさまきゅっと締め付けてくる。

中のざらついた感触といい、締め付け感といい、俺自身を入れれば気持ちよさそうだ。

俺は指を増やして、ゆっくりと広瀬の中をかきまぜる。

彼女の感じる場所がないか探ってみても、小刻みに体を震わせて声を殺すせいで掴めない。

指では届かない奥に広瀬の弱点がありそうで、届かないのがもどかしく、広瀬も焦れったそうだった。

「あんっ……は、げしいよぉ、上谷！」

広瀬の喘ぎと、かきまぜる蜜の音がいやらしく部屋に響く。

俺はそれ以上奥を探るのは諦めて、すっかり膨らんだ外側をそっと攻める。力を加えすぎないようにしてくるくる指を回し続けていると、彼女の手が俺の腕を掴んだ。

縋りつく仕草に愛しさが湧き上がって、さっき出したばかりだというのに俺自身が硬くなってくる。

快楽に怯える広瀬を、ぎゅっと抱きしめたかった。

どうせなら俺の指で達する彼女の表情を見たかった。

「あっ……あ、上谷っ、だめっ」

「ん、だめになれ」

そして自分から俺を欲しがればいい。そうすれば俺は喜んで彼女の中をかきまぜてやる。

俺の名字を呼びながら達する広瀬に、下の名前を呼ばせたいと思いつつ俺は彼女の震えが落ち着くまで抱きしめていた。

「大丈夫か?」

「まだ……だめっ」

男は出せば少し落ち着くけど、女は違う。イった後のほうが、きっともどかしいはずだ。どこに触れても敏感になるし、体は欲しているだろう。

そうなるように仕向けたくて少し激しく攻めているけれど、こうして震えが収まらないのを見ていると俺もきつくなってくる。

俺はぎゅっと力を入れて衣服の乱れた華奢な体を抱きしめる。

愛しさと欲が絡みあって俺の中で荒れ狂う。気持ちが溢れて止まらなくなった。

「おまえの中に入りたい」

「――それはっ」

「広瀬……俺は――」

おまえに惹かれている――そう告げかけた時にスマホが振動した。

互いの体がびくりとして、俺たちは動きを止めた。

儀式の時間なんて、とっくに終えている。

だからアラームとは違うのだとすぐにわかった。案の定、振動はずっと続いている。

いつもは目を合わせない広瀬が、不安そうに俺を見た。

「上谷？　出なくていいの？」

俺が迷っている間に振動は途切れた。

こんな時間に電話をかけてくる相手なんて限られている。ふたたびスマホが震え始めて、俺は自分のタイミングの悪さを呪いつつ手を伸ばす。

俺は広瀬の体に回していた腕を緩めた。彼女も戸惑いなどなさそうに、すんなり離れていく。

勘がいいというか物分かりがいいというか、俺への関心がなさそうというか。

「広瀬……ごめん」

俺はそれしか言えずにスマホを手にすると自室に向かった。

＊　＊　＊

上谷がするりと私から離れて部屋に入っていった。

ドアが閉まる音を聞いて、私はずきんとした胸の痛みに顔をしかめた。

私を抱きしめていたぬくもりも、高まりつつあった快感も一気に消えてなくなって、ぶるりと寒気がする。

上谷に『おまえの中に入りたい』と言われた瞬間、自分の中に生じた激しい衝動があった。

拒否感とは正反対の感情。

電話がなければきっと、私は上谷を素直に受け入れていただろう。

上谷が望むなら、あいつに求められるなら嬉しいって。

それは与えられた快楽から解放されるためじゃなくて、上谷を受け入れたい、繋がりたいという気持ちからくるもの。

「まじか……」

私は、はだけていた衣服を整えて脱力し、ソファに横たわった。

――私の前にいつも立ちはだかっていた邪魔な存在、それが上谷理都だった。

見た目もよくて仕事もできて、プライベートも充実していて、なにもかもが完璧に見える男。

だから、むかついた、苦手だった、近づきたくなかった。

でも今は、あいつが本当はどんな男なのか知っている。

落ち着いていて冷静で、気遣いができて優しくて、たまに動揺する姿がかわいくて……どんなキスをして、どんなふうに触れてくるか、抱きしめられるとどう感じるかさえ私は知ってしまった。

そして今、ものすごくくやしいことに、あいつに対して自分が特別な感情を抱いているのだと、はっきり気づいてしまった。

まぎれもなく恋愛感情だって。

「ありえないー」

毎晩キスをして、それでちょっと触られて、それが気持ちいいからって、流されて絆(ほだ)されるってどうなの？

あまりにチョロすぎじゃん。

それでも電話がなければ私は上谷を受け入れて、思わず気持ちをぶつけていた可能性がある。

電話に感謝すべき？　それとも邪魔されたと思うべき？

っていうか、電話の相手、誰だろう。

家族？　友達？　それとも――元カノ？

私は上谷の部屋のドアをじっと見た。

元カノだとしたら、別れた男に電話する理由ってなんだろう？

忘れものがあるとか？　いやー、ないよね。

上谷からは微妙な関係で別れたってことしか聞いていなかったから、どちらが別れを切り出したかなんて知らない。

もしかして、復縁……とか、ありえる？

もしよりを戻そうって言われたら、あいつはどうするんだろう。

もし二人が元のさやに収まったら、私の気持ちはどうすればいいんだろう。

相手が誰かもわからないのに電話一本で、ここまで自分が不安定になるほど、上谷に気持ちが傾いているなんて思わなかったよ。

言いようのない不安に駆られているうちにドアがそっと開いて、上谷が姿を現した。

上谷は、ソファに寝転がったままの私を見て苦笑すると、リビングを出ていった時と同じく「ごめん」と呟く。

なんで苦笑？　なんについての謝罪？　この男の心情って読みづらい。

やつはテーブルの上にスマホを置くと、私の頭があるほうに腰をおろす。そして私の頭を上げて自分の膝の上にのせた。

イケメンの膝枕――貴重な経験でありがたいけど体勢がいまいちで、私は体をずらして自分の心地いい位置まで動いた。

上谷はやっぱり苦笑していて、そして慰めるみたいにして私の頭を撫でる。

「なに？」

行為の意味がわからないのと、さっきの電話についてのもやもやと、認めたばかりの自分の気持ちに戸惑っているうちに勝手に言葉が飛び出した。

かわいくない、ぶっきらぼうな口調。

「いや。おまえって心を許すと案外、わかりやすいんだなあと思って」

「は？」

「そういう冷めた口調も……深読みするとかわいいなあと」

「はあ？」

私を見下ろす上谷は、とても優しい表情をしていて、撫で続ける手の動きも優しくて、

私はなにがなんだかわからないのに肩から力が抜けていく。

こいつ、私を甘やかすのが本当にうますぎだ。

「ちょっと面倒なことになった」

上谷がそう切り出してきた。

予想外の言葉に、私はぽかんと口を開ける。

「え？　仕事？」

今の電話は会社からだった？　なんか仕事のトラブルでも起きたんだろうか。ちょっとほっとしかけたのに、上谷は首を横に振る。

「今の電話は元カノ」

私は動揺しかけたけれど、無理やり平静を装う。

でも、なんでか上谷には見抜かれている気がした。

上谷は私の頭をそっと撫で続ける。さっきのいやらしさなんか微塵もない触り方に、それはそれで胸の中にぶわっと広がるものがあった。

「よりを戻したいって泣かれた」

……別れた男への電話なんてそんな内容しかないよね。

一瞬、頭をよぎった予想があたったって嬉しくないうえに、むしろ複雑な気分になってくる。

「別れたいって言ったのは向こうだった。大事にされている気がしない。もう少し会いにきてほしい。将来への約束ができないなら、このまま関係を続けても意味がない。そういったことで揉め始めて、まあ会ってきちんと話すために京都へ行く予定だった」

うん、それを今回の件で、キャンセルしたんだよね？

そんでそれが決定打になって、結局会わないまま別れたって聞いた。

そっか、別れを切り出したのは向こうか。

だったら上谷は別れたくなかったのかもしれない。なんせ会いにいくつもりだったんだから。

そして、もし会いにいけていれば付き合い続けていた可能性もある。

「より戻すの？」

ぼそっと言ったつもりだったのに声が震えた。

「戻さない。でも会いにいってくる」

上谷の言葉の意味がわからなくて、私は体を起こそうとした。それを上谷は手で軽く制す。

「別れ話をされた時、俺は仕方がないと思った。ひきとめようとも思わなかった。多分、その程度の気持ちしか残っていなかったんだ。だから俺に未練はない」

私の頭を撫（な）で続ける手は、髪を絡めては離してといったことを繰り返す。

上谷に視線を向けると、そらすことなく穏やかな眼差しで私を見つめ続けている。

「でも会いにいくの？」

どうして？　って言いたくなるのは、私の中で『行かないで』って気持ちがあるから。

この男に惹かれていると自覚した途端、わがままで醜い感情が溢（あふ）れ出てくる。

「面倒なことになったって言っただろう？　早急に処理をしなきゃならないことができた。だから土曜日に会ってくる。夜には間に合うように戻る」

よりは戻さないのに会いにいくの？

早急に処理しなきゃいけないことってなに？

本当にタイムリミットに間に合うように帰ってこられるの？

聞きたいことがどんどん頭の中を流れていくけれど、口にはできない。

だって私は上谷の恋人でもなんでもないもの。

心の中では嵐のようにいろんな感情が荒れ狂っている。きゅって喉が詰まったみたいに苦しい。

「広瀬……そういう泣きそうな表情するな。自惚れるだろう？」

私は今度こそ体を起こした。

泣きそうな表情ってどういうこと？　私そんな顔していた？

それに、それに、自惚れるってなに!?

ソファの上で体を丸めて私は顔を隠す。

私が自分の気持ちを認めたのはついさっきだぞ。そりゃ、ずっともしかしたらと思ってはいたけど、そんなの微塵も見せなかったつもりだ。

それなのに、自覚した途端、気持ちがダダ漏れになってんの？

いや、いや、いや、ありえないからそんなの。

「少し時間やるから。おまえはきちんと自分の感情を整理しろよ。俺も片をつけてくる」

「……なんで、そんな上から目線」

「そこかよ、おまえの突っ込みどころは」

上谷は声を出して笑うと、私の頬に指を添わせた。それで自分が泣いているのに気づく。

「やだっ……なんで」

恥ずかしくて、やつの指を乱暴に手で払う。

なんで涙なんか出てくるんだ。

これじゃあ、まるで私が上谷を好きだと言っているようなものじゃないか。

だから上谷は苦笑したの？　『ごめん』は私が泣きそうだったから？

「おまえの泣き顔って……結構クる」

上谷の腕が私の背中にまわり、ぎゅっと抱き寄せられた。

『今のセリフってどういう意味よ！』って反論できなかったのは、ただ単にびっくりしたから。

儀式後の戯れを始めても、それ以外で触れ合うことはなかった。

だから、こんなふうに抱きしめられるのは初めてだ。

あれだけ散々なことをやってきたくせに、こんな何気ない抱擁で私の胸はきゅんきゅんする。

「しばらくお預けだな」

耳元で、上谷の声がくぐもって聞こえる。吐息とともに漏れる声は、なんだか甘く響いて。

――お預けって、お預けって……さっきの続きのことだよね？

「俺のほうの片がついて、おまえの気持ちの整理がついたら――最後までいいか？」

私はだらりとおろしていた手を上げて上谷にしがみついた。

『最後までいいよ』なんて、返事できるわけがないから、

「……検討してあげる」

と、やつの上から目線に対抗してそう言ってやった。

＊　＊　＊

恋愛感情というものは一度芽生え始めると恐ろしいものだということを、改めて思い知る。

大人になると学生時代のように、わざわざ片思いから始める恋をすることもなくなっていた。

今更、恋をすると世界が輝いて見える、なんてそんな甘酸っぱい感覚思い出したくなかったのに。

結局上谷は、私が旅行に出かける前日である明日の夜に儀式が終わり次第、新幹線で京都に向かうことになった。

翌土曜日の午前中に元カノと会う約束をして、それから戻ってまた私の旅行先にまでやってくるという強行スケジュールだ。

さすがにそれを聞くと、今度こそ友人に謝ってキャンセルすべきではと思い始めている。

あの日から今日で二日。キスはまた儀式開始当初のようなぎこちないものになった。

今夜もいつものようにソファに座って、例の時刻の少し前から唇を合わせてキスをした。舌も絡めるし唾液(だえき)も呑みあうけど、もっと激しいキスを知っているから、これが抑え気味だってわかってしまう。

上谷は『今更だけど片がつくまでは我慢する』と言った。

だから儀式後にあった戯れ(たわむ)もなくなり、興奮しないためにキスも義務的なものになった。

私はなんとなくそれが物足りないと感じていて、自分の恋愛感情とやらが一時的なものかそうでないのか区別がつかないくせに、こうしてキスの後、上谷にしがみついてしまう。

「広瀬……」

上谷は呆れた口調をしつつも、私を突き放したりはしない。きちんと抱きしめ返してくれる。

「ん、ごめん」

「……いいけど、俺が耐えればいいだけだし。こんなふうに甘えるおまえを見られるとは思わなかったから」

「甘えてないもん」

「ふうん」

「ちょっと落ち着かないだけだもん」

「はいはい」

上谷は私を抱きしめながら、私のくるくるの毛先を弄ぶ。

この男は頭を撫でたりだとか、髪に触れたりだとか、そういう軽いスキンシップが多い。

「広瀬さあ、いつかこの髪をツインテールにしてみせて」

「ツインテール？」

「高めの位置で結んでさ」

そんな髪型、十代しかしないよ。なに、こいつ女子高生ごっこでもしたいの？　まさかいつかセーラー服着てとか言い出すんじゃないだろうな。

理由があったにしろ、ネクタイで手首を縛れと言われた時も危ないと思ったけど。

「なんで？」

「多分、似ていると思うんだよな」

私は目を細めて上谷を睨む。

誰に似ているんだよ！　まさか初恋相手とか言わないよね？

「誰に？」

「実家の犬」

いぬ、イヌ、犬ー!!

よりによって犬扱い！

一瞬、頭をはたいてやろうかと思ったのに、上谷は優しい笑みを浮かべているのでできない。

「かわいいんだよ。俺の顔見るとキャンキャン吠えて全然懐かないんだけど。それがすげーかわいい。おまえマジでそっくり。こんなふうに甘えながら『甘えてないもん』とか言うところ」

うー。なんか文句言いたいのに、かわいいを連発されると言えないよっ。

「もう寝る！　おやすみ」

「ああ、そうしろ」

私は少し乱暴に上谷を突き放した。

――あの電話で気づかされた気持ちは、どんどんはっきりしてきている。

むかついたり、苛立ったり、不安になったりという、そんなマイナス感情と。

甘えたくなって、頭を撫でてほしいと思って、優しい目で見つめられたいなんていう甘酸っぱい感情と。

そういうものすべてに気づいてしまった。

こんなに心揺さぶられるほどこの男に惹かれているなんて、いまだにどこか認めたくないけど。

上谷から離れて自室に戻ると、スマホが鳴った。

それは一緒に旅行に行く予定の友人からで、『季節はずれのインフルエンザにかかったから、キャンセルさせてほしい』という連絡だった。

＊＊＊

私たちは今晩も、二人でソファに座る。

いつもはお互い気楽な部屋着姿なのに今夜は外出着のままだ。

部屋の隅に置かれているのはシルバーのスーツケース。

上谷はそれに二泊分の着替えを入れている。

そして私も自分の家へ持ち帰るものを大きめのバッグに入れていた。

今夜は金曜日。

上谷は儀式を終えた後、新幹線で京都へ向かう。今夜はそこで一泊して翌日に元カノと会う予定だ。その後は私が予約している旅館まで来ることになっている。

私は今夜自分の家へ戻り、明日の旅行の準備をしてそして一人で旅館へ向かう。

そう一人。

友人がインフルエンザで行けなくなったので、私はもう今度こそキャンセルしようと思っていた。

けれど、上谷が『だったら俺が泊まるよ』と言ったのだ。

京都からまたそこまで来てもらうのは大変なんじゃないかと思ったけど、上谷は『どうせ元々行く予定だったんだから、泊まれるのならむしろ俺は楽になる』と。

「明日、一人で行けるか？」

「子どもじゃないんだから、大丈夫。それより夕食の時間、十九時半でお願いしたけど本当に間に合うの？」

「間に合わせるよ」

「本当にきつくない？」

京都へ行ってまた舞い戻ってきて別の場所に泊まるんだよ！　私だったら京都往復だ

けで疲れる。それに今回の京都訪問はエネルギー使いそうだもん。

上谷は呆れたように私を見る。

「大丈夫だって言っただろうが。おまえ結構そういうの気にするんだな、意外」

「意外ってなによ。……大丈夫ならいいけど」

私が本当に気にしているのは、上谷が疲れるんじゃないかってことじゃなく元カノとの問題が解決するのかってことのほうだ。

そしてそっちをより気にしている自分は浅ましいと思う。

「上谷」

「ん？」

「いろいろありがとう。毎晩……こんなことする羽目になって、どうなることかって思っていたけど、あんたのおかげで乗り切れた」

「まだ終わってない。日曜日の満月を終えて災いが本当に起きないことを確認するまでは、油断するなよ」

――もし今回の相手が上谷じゃなかったら、私はこんな感情を抱いただろうか。

上谷だって、元カノと微妙な関係だったとはいえ、私とこんなことにならず予定通りに京都まで行っていたら、恋人と続いていたかもしれない。

――私たちのこの感情は、本当に恋愛感情なのかな？

あの祠のせいで儀式をする羽目になって、毎晩深いキスをしなきゃいけなくて、そのために一緒に暮らし始めて関わる時間が増えた。

そのせいで錯覚しているだけなんじゃないかって。

上谷はそういうの悩んだりしないのかな？

本当に元カノとの片がついたら……私との関係を始める気があるのかな？

いや、はっきり言われたわけじゃないから、上谷が本当はどう思っているかはわからないんだけどさあ。

「おまえってさ、結構わかりやすいんだな」

「はい？」

上谷がぐしゃぐしゃっと私の髪に触れる。

「なによっ」

「まあ今は俺も動けないからなにもしてやれないけど、片をつけたらそういうの全部解消してやる」

「そんな抽象的なこと言われたって、さっぱりわかんない。あと、髪乱れるからやめて！」

私の内心を勝手に読む上谷にむかつく。

こいつに私のなにがわかるって言うんだ！

「おまえかわいくねー」

「どうせかわいくありませんよ」

私の髪をかきまぜるのをやめると、上谷は私をじっと見る。笑みが消えて真面目な表情になった上谷はやっぱりイケメンで、あまり認識してなかったけど整った顔をしているんだなあと思った。

そして私は、この男とずっとキスをしてきたんだ。

薄すぎも厚すぎもしない綺麗（きれい）な形の唇。

恋人でもないこの男とキスすることにならなければ、私はずっと、今胸にある気持ちを知らずに済んだのに。

上谷の手が髪から離れて頬にうつる。指先が私の唇をそっとなぞる。

上谷からのキスの合図に、私は条件反射みたいに目を閉じた。

——ねえ、儀式のためのキスだったのに、いつからこんなにドキドキするようになったんだろう。

いつからこいつのキスを待ち望むようになったんだろう。

柔らかなものが唇を覆（おお）って、そしてわずかな隙間から舌が入ってくる。

私はそれを受け入れて、互いの舌を舐（な）めあい唾液（だえき）を絡ませる。

最近は抑え気味のキスだったのに今夜は違った。

上谷の舌は私の口内を自由に動いて、探るように舐（な）めてくる。かと思えば上唇を食（は）み、引き込むように吸い上げる。

まるで最後のキスを交わすみたいに名残惜（なごりお）しくて、終了を知らせる合図が耳に届いても行為が終わらなかった。

上谷の手はいつしか私の背中や後頭部に回って、私の手は上谷の背中に伸ばされる。

ぴちゃぴちゃと唾液（だえき）が絡む音を響かせて、互いの舌を嬲（なぶ）りあうように、言葉にできないなにかを伝えあうように——

儀式のためだけのキスじゃない。

これはもう、互いを求める感情のこもったキス。

「か、みや、時間」

「ああ、わかっている」

キスの合間に言葉を交わして、けれどまたキスに没頭する。

充分長くキスをしているのに、私たちはそれをやめられない。

「んっ」

口の周りが唾液（だえき）で濡れていく。

互いの体に手を伸ばし肌に触れて快楽に耽（ふけ）った記憶が蘇（よみがえ）り、体が熱をもって素直に反応してしまう。

きゅっと舌が強く締め付けられた後、唾液（だえき）の糸をひきながら唇が離れた。

「明日、待っていろ」

「うん」

「明日は最後までやるから」

「……ん」

答えたくなかったのに勝手に声が漏れた。

最後までって——なに簡単に応じているの？　って自分を叱りたいのにできない。

そもそも最後までするのは、私の気持ちの整理がついたらって言ってなかった？　って反論したいのにできない。

だって私はそれを欲している。体だけじゃなく、心でも欲している。

激しくて甘くて、淫らでいやらしいキスをして、この熱に溺れてしまいたい。

——私は上谷理都が好きだ。

「かわいいよ、広瀬」

抱き合いながら耳元でそっと上谷は囁いた。

それから私たちは一緒にタクシーに乗って、上谷は私を家へ送った後、駅へと向かっていった。

空には満月一歩手前の大きな月が、雲に遮られることもなく闇夜に浮かんでいた。

＊＊＊

チェックインは十五時。

本来の計画では朝早めに現地へと出かけて、友人と一緒に周辺を観光する予定だった。私はその友人に体調を気遣うメッセージを送って、チェックイン開始時刻になると同時に旅館に入った。

全室離れで、もちろん各部屋に内風呂と露天風呂がついている贅沢仕様のお宿だ。ここはお料理も評判で、朝食は食事処でいただくけれど、夕食は部屋まで運んでもらえる。私は同伴者が遅れてチェックインする旨を再度伝えて一人で部屋に入り、すぐさま本館にある大浴場へ向かった。

最上階にある露天風呂は様々な種類の木々や花に囲まれていて風情がある。まだ空の明るい昼間から温泉につかるのは究極の贅沢だと思う。

「まさか上谷と泊まるなんてねえ。予約した時には想像もしてなかったよ」

それを言うなら、ただの同期だったあいつに特別な感情を持ったことこそ驚きなんだけど。

私はたたんだタオルを頭にのせて湯船につかり、ぼんやり景色を眺めた。

遠くに見える山の稜線は深い緑色、ささやかに響くのは鳥の鳴き声。肌をさらう風は爽やかで、ぬるめのお湯の温度がちょうどいい。

――上谷からは昨夜遅くに無事京都のホテルにチェックインしたという連絡があった。元カノとの話し合いが終わったらまた知らせると言っていたのに、それ以降連絡がない。

元カノとは午前中に会うから、終わり次第午後にはこっちに向かえるはずだと言っていた。

だから私はうまくいけば自分が出発する前には問題が解決して、もっと言えばもしかしたら一緒に旅行に行けるかもしれないとまで思っていたのだ。

でも現実は、私は一人でチェックインして、そしてのんびりお湯につかりながら、でも心はいつまでも落ち着かずにいた。

私より先に入っていた少し年配の女性がお風呂から上がっていく。

私は一人残されて、お湯を出ると岩場に腰を落ち着かせた。

――上谷はこの間、時間をやるから自分の心を整理しろと言った。

やつが思わせぶりな言動で振り回してくれたおかげで、私は自分でも嫌になるくらい、上谷を求めているのだと自覚する羽目になった。

キスして肌に触れて、自惚れるとか、片がついたら最後までとか……期待させるようなことばかりして、本当にあの男はずるい。

元カノとの問題はどうなったんだろう？

久しぶりに顔を合わせて話してみたら、心はあっちに戻ったりして。

もしかしたら私への気持ちは勘違いだったって気づいたりするかも。

そう思うと、いてもたってもいられなくて今すぐ京都へと行きたくなる。

上谷を迎えにいきたい。

あんた、なにぐずぐずしてんのよ！　さっさと来なさいよって怒鳴りたい。

「あーもう。早く連絡してこい！　あのばかっ」

優雅で上質な宿の素敵な露天風呂で、どうして私は泣いているんだ！

私はお湯をばしゃばしゃと顔にかけた。

これは涙じゃなくて、お湯に濡れただけ！

そして露天風呂を出てから、うんともすんとも言わないスマホを睨(にら)みつける。

一度でも電話をかけて、そしてそれに出てもらえなかったら、何度でもかけてしまいそうで、かけることができずにいた。

あいつのスマホに着信履歴がたくさん残るのは嫌だ。

でもそんなことも言っていられなくなって、私は電話をかける。

けれど無機質なメッセージが流れるだけで、上谷が出ることはなかった。

それから部屋に戻った私は、そわそわしながら室内をウロウロしていた。

結局、上谷から連絡があったのはそれから一時間後。

声が聞けたことに安堵して電話口で泣いてしまって、なんとか声が震えないようにするのが精いっぱいだった。

壁にかかったセンスのいいデザイン画も、テーブルの上に置かれたフラワーアレンジメントも、部屋から続くデッキに設けられた露天風呂も、ものすごく素敵なのに心に響かない。

ベッドに横たわってぼんやりしても、大型の最新型っぽいテレビをつけても気は晴れない。動き回れば回るほど浴衣のひもがほどけて、そのたびに私は結びなおすということを繰り返していた。

扉をノックする音が聞こえて私は「はい」と返事をする。

「お連れ様がいらっしゃいました」という穏やかな女性の声と「ありがとうございました」という男性の低い声が聞こえてくる。

部屋に入ってきた上谷を見た瞬間、私は咄嗟に抱きつきたくなって必死でそれに耐えた。泣きながら抱きつくなんてことしちゃったら、今更だけど気持ちがバレバレだ。

「ごめん、広瀬遅くなった」

儀式にはもちろん、食事の時間にもギリギリとは言え間に合ったのだから、遅いわけじゃない。

「ほんと、遅い、よっ」

「広瀬？」

「来られないかと……思った」

抱きつくのは我慢できても、泣かずにいるのは無理だった。

――上谷が今夜来ないはずはない。

今夜も儀式は必要で、私を苦しめないためにも上谷は絶対こっちに来なければならない。

そういうのを無責任に放り出す男ではない。

たとえ元カノとよりを戻したとしても、儀式の時刻には絶対に来る。

でも、そうとわかっていてもとにかく、上谷が来てくれたことが嬉しかった。

「ごめん。不安にさせたな」

上谷の手が伸びてきて、私を抱き寄せる。

抱きしめられて、上谷の存在を実感して、そして彼がハードスケジュールをこなして来てくれたことがやっぱり嬉しくて。

「上谷……ありがとう」

すんなり言葉がこぼれた。

上谷は私の頬を掌で覆うと顔を上げさせて、指で涙を拭う。そしてふわりと優しい笑みを浮かべ、目を伏せた。

私も目を閉じる。

唇が重なって、そしてすぐに離れた。でもまた食むように上唇を挟んで、その感触を確かめるようにして互いの唇を啄んだ。

――上谷とは何度もキスをした。

唇があわされればすぐに舌が入ってきて、唾液を絡める激しいキス――

けれど今、私たちはキスに慣れない頃みたいにぎこちなく、でも味わうようにゆっくりと表面だけを触れあわせるだけのキスを繰り返した。

儀式ではなく、ただ互いを求める愛しさに溢れたキスを。

キスが深まる手前で旅館のスタッフから「お夕食の準備をさせていただきます」と部屋の外から声がかかって、私たちはひとまず食事をとった。

夕食は、器ひとつとってもそれぞれ趣が異なり、お料理も繊細かつ華やかで、二人でお酒を呑みながらその時間を楽しんだ。

食事が終わる頃に儀式の時刻が来て、私たちはいつもと同じようにキスをした。

そして今、上谷は部屋の露天風呂に一人つかっている。

私も一緒に入ろうと誘われたけど、さすがにいきなりそれはハードルが高すぎて、もうお風呂は済ませたからと遠慮した。

上谷が髪や体を洗い終えた頃を見計らって部屋を出て、浴槽の縁に腰掛けた。

浴衣の裾をまくり上げて、脚だけをお湯に浸している。

旅館の周囲は喧騒から離れているため、とても静かだ。

深まる夜の闇の中で、露天風呂に備え付けられた小さな照明と、そして月の光が降り注ぐ。

満月に近い月は、嫌味なくらい大きく眩く存在を誇示している。

私は湯船からのぞく上谷の肩のラインに見惚れつつ、余計なものは見ないようにできるだけ視線をはずしていた。

「明日で本当に終わるのかな……」

「さあな。月曜の夜にはわかるだろう？　おまえが苦しまなければ終わったことになる」

「もし、終わらなかったら？」

「終わるまで続けるだけだ」

あっさりと、なんでもないことのように上谷が答える。本当にこの男は、いつもあんまり動じない。

以前はそれを嫌味に感じていたけど、今はちょっと違う。

この期間、私はいろんなこの男の表情を見てきたから。

狼狽えるところも動揺するところも知ったから。

「上谷でよかった」

「なにが？」

熱くなったのか上谷がお風呂から上がって浴槽に腰掛ける。私はすぐに目をそらして、タオルを投げ渡す。

もう少し恥じらいをもってほしい。

「儀式の相手……最初はどうなることかと思ったけど。相手があんただったから、やってこられたんだと思う。あんたは大変だったかもしれないけど」

社員旅行で訪れていなければ、お祭りに行かなければ、あの時、上谷に偶然出会わなければ、迷子なんていなければ、あの子が走り出したりしなければ……私たちはきっとこれからも、ずっとただの同期でしかなかった。

「大変だったな確かに、いろいろと」

私はぱちゃんぱちゃんと脚を動かして、お湯を撥ねさせた。しみじみ言う上谷に、このままお湯をかけてやりたいぐらいだ。

「俺もおまえの相手が俺でよかった」

相手が私でよかったでなくて……自分でよかった？

私と同じことを言っているようで違う。でもその意味を深く考えるより先に、上谷が私の肩を抱き寄せた。

そのまま唇が重なる。歯でもぶつかりそうな勢いだったのに、上谷はやっぱりうまくて、私は激しくむさぼられた。

私は咄嗟に手を伸ばそうとして、こいつが素っ裸なのに気づく。

戸惑う手が宙に浮く。それに気づいた上谷が、ぐいっと私の腕をひいて自らの首のうしろへ導いた。

「おまえ……意外なところで初心なんだな。さんざん俺を触りまくったくせに」

少し乱暴に唇を離すと、私の耳元で低く囁く。

上谷がなにについて言ったか、すぐにわかった。

私が上谷の肌に触れたことはない。一番際どい場所を除いては。

「そういうの、すげークる」

なにがクるの？　なんて疑問はすぐに消え失せる。上谷は私の浴衣の襟をぐいっと引き下げて、そのままブラのホックまではずした。

まさかいきなり脱がされると思わず、叫ぼうとして即座に唇が塞がれる。

ここは離れだから隣室とも距離がある。当然、姿を見られることはないし、声だって聞こえない。

けれど、ここは露天風呂！

外！　外だよ、上谷！

私の混乱などおかまいなしに、上谷の舌は私の口内をせわしなく動いた。舌はもちろん歯茎も頬の裏も上顎の奥も舐め回す。そして馴染んだ味とともに混ざり合う互いの唾液。

同時に胸も揉まれる。ふわふわと優しく揉まれるだけで、触られてもいない先端が尖るのがわかった。

呑み込めない唾液が唇の端からこぼれる。それを追いかけるように上谷の舌がたどっていく。顎から首、そして鎖骨へとつたったそれが胸の先に到達するのはすぐだった。

「あんっ……上谷っ」

姿勢が不安定すぎて、さっきのためらいなど嘘みたいに私は上谷の裸の肩を掴んだ。

上谷は私の胸の先を口に含むと、ちゅっと強く吸い付いては舌で転がし始める。

熱く柔らかい上谷の舌。キスでしか知らなかったその感触に、一気に追い詰められていく。

「待って、上谷！」

「待たない。もう充分俺は耐えた」

かすれた声で上谷は吐き出した。

月明かりの下で上谷は、ぎらぎらした目で私を見ている。

それは今まで知らずにいた上谷の雄っぽい部分。

強い色香を放つその眼差しに、私は見惚れてしまう。

いつの間にか浴衣の腰ひもまではずされていた私は、初めて上谷の前で素肌をさらしているにもかかわらず、隠すすべさえなかった。

「広瀬の裸を見たくてたまらなかった。触るだけじゃなく、舐めて、もっとよがらせて、声も上げさせて、俺の指をどろどろになる場所に突っ込みたくてたまらなかった」

私はなにかを言いたいのに言えず、口をぱくぱくさせる。

上谷の言葉とは思えない卑猥な内容にびっくりだし、ものすごく恥ずかしくてたまらない。

「おまえは相手が俺でよかったんだよ。そうでなければ……もっと早くやられていたんだ」

そういう意味――!!

「だから焦らすな。さんざん俺を煽ってきたツケをはらえ」

ふたたびここで行為を続けられそうになって、私は涙目になりつつ頑張って申し出た。

「べ、ベッド！　……せめてベッドがいい！」

よりによって外でされるのは嫌だ。

「本当に……おまえは予想外にかわいいことを言い過ぎなんだよ」

上谷は、はああっとものすごく深いため息をつくと、私を部屋へと連れ込んだ。

この部屋は和洋室タイプで、ツインのベッドが置かれていた。

さすがに高級旅館なだけあって、ツインと言えどベッドはひとつずつがセミダブルぐらいの大きさだ。そこに上谷は私を押し倒した。ベッドに到着する前に浴衣(ゆかた)は床に落ちていったし、押し倒されると同時に下着はすべて脱がされた。上谷なんか、もともと裸だ。

——覚悟はしていた。

私だって上谷とセックスをしたかった。

でも今まで同期だった男に、いきなり裸を見せるのは抵抗があった。無駄なあがきだろうけれど、最初ぐらいはやっぱり部屋を真っ暗にして、できるだけ貧相なものを見せないようにしたかった。

なにせあいつには以前、『小さい』なんて言われたから。

露天風呂を楽しむために、室内の明かりはほとんど落としていた。ベッドサイドの壁に設置されたライトから漏れる明かりだけだ。

だから望み通りの環境のはずなのに、外からさしこむ月の光が明るすぎる。

皓々(こうこう)とした明かりは、すべてをさらけだしてしまう。

咄嗟(とっさ)に腕で体を隠そうとしたのに、あろうことか上谷は私の手首をとって頭上であわせ、片手で押さえ込んだ。

抗おうとしてもびくともしない力強さに、上谷が男であることを再度思い知らされる。

そして上谷は、私の頬に手をかける。

それは上谷のキスの合図。

上谷の顔が近づいてきて、反射的に目を閉じようとした時だった。

「好きだ」

吐息がかかるほど間近で、上谷の唇がそう動き、艶(つや)のある声が耳に届いた。

驚いて目を見開くと、ものすごく近くに上谷の目があった。食い入るほど互いに見つめあう。

「おまえは、気持ちの整理はついた？　俺はおまえを抱いていい？」

全裸でベッドに押し倒して、なおかつ私の両腕を拘束したまま言うセリフじゃないよね？

どう考えたってやる気満々だったくせに、この期(ご)に及んで許可を得るのか!?

「……ま、だ、整理、ついていない、って言ったら？」

そんな往生際(おうじょうぎわ)の悪いセリフが、思わず口をついて出る。同時に上谷の目が細められ、ものすごく強く睨（にら）まれる。

まずいっ、言い方を間違えちゃったよ。

イケメンに凄（すご）まれる怖さは経験済みだったのに、学習能力ないよっ、私。

「そうだな……おまえが自分の気持ちをはっきり認識できるように、心より先に体に教えてやろうか？」

頬にあった手が、私の耳たぶに触れ、そして指先で肌をなぞる。ぞくりとした刺激が走って、私は首を左右に振って慌てて言う。

「ついた！　整理ついたよ！　私もっ……」

急激に恥（は）ずかしくなる。それでも目の前の魔王様は、そんな中途半端な言葉では納得できないとでも言いたげに首をひねるから――

「私も……好きっ」

と、ものすごく小声になったけど、続けて伝えてみた。

「だからっ、手離して！　この体勢恥（は）ずかしいんだからっ」

この体勢も、こういう流れでの告白も、もう恥（は）ずかしすぎていっぱいいっぱいだ。

私は上谷から視線をそらして横を向く。

「本当に素直なんだか素直じゃないんだか……でも、まあかわいいから許してやるよ」

あんたこそ！　なんでいっつも上から目線なのよ！

それでもって私を見過ぎ！

今だって上谷の視線が、私の肌の上に落ちているのがわかる。

上谷に見られている。

胸も腰も脚も、その間も。

「じろじろ見ないでっ」

「俺は見たい。ずっとおまえの裸を見たくてたまらなかった」

上谷の手が首をすっとなぞった。それは肩をかすり、わき腹を伝い、腰を包んで、太腿をさする。指の動きにあわせるように、視線もそこをなぞっていく。たったそれだけで自分の体がざわついていった。

「綺麗だな……」

「嘘！　小さいって思っているくせに！」

そうだよ！　だから見られたくなかったのに。隠したかったのに！

「小さい？」

「あんたがそう言ったんじゃん！」

初めて触った時に言ったくせに！

「ああ、華奢っていう意味だし、小さくないよ。綺麗な形しているし、俺の手におさまるサイズだし、ここなんかかわいくて敏感だし」

上谷の手が胸全体をそっと包んだ後、その先を優しく弾く。

「ひゃっ」

「こすられるほうが好きだよな、広瀬は。ほらすぐに硬くなる。ふうん、こういう形なんだ」

「ばかっ、ばかっ、コメントしないで！」

——上谷には今までも触られてきた。

指で挟んだり、きゅってつまんだり、くるくる転がしたり、上下にこすったり。

私はただ喘ぐだけだったけど、どれが一番反応がいいか調べていたらしい。

胸の先をかするように、くにくに指を動かされるだけで痺れが全身に走る。

「あっ……んっ」

「ほら膨らんできた。やっとじっくり舐めてやれる」

言うなり上谷は、私の胸の先を舐めた。片方は指でくすぐり、もう片方は舌でなぶる。

今度はどう舌を動かせばいいか試すみたいに、いろんな刺激を加えられた。

腕を押さえられているせいで身動きができない。上谷が交互に与えてくる刺激をただ甘受する。

ちゅぱちゅぱと吸い上げる音まで響いて、そのいやらしさに泣きたくなった。私の胸の先は痛いほど膨らんで、そのうえ上谷の唾液塗れになっている。

胸の愛撫しかされてないのにもう声が出るのが嫌で、必死で唇を噛み締める。

「んっ……ふっ」

「広瀬、唇が傷つく」

私が声を殺しているのに気づくと、上谷は私の口内に自分の指を入れた。噛むわけにはいかなくて口元を緩めた隙に、指が増える。

胸の先を吸い上げると同時に、上谷は私の口内を蹂躙し始めた。溢れる唾液をかきまぜて舌や歯茎を指でなぞる。私は唾液がこぼれるのが嫌で、上谷の指に舌を絡めた。

――こんなの！　こんなの、されたことないっ。

恋人もいたしセックスの経験もある。でも、こんないやらしい行為はされたことがなかった。

舐められつくすと乳首はますます敏感になるし、唾液だって呑み込むのが追いつかない。

「んっ……ん」

声を上げれば唇が緩み、唾液が伝って落ちていく。

上谷はそれに気づくと、もったいないとでも言いたげに舐め上げて私の口内に戻した。指の代わりに上谷の舌が入ってきて、私は儀式のキスで慣れた感触に安堵して舌を絡めた。

手首の拘束がはずれて、ただ激しいキスをする。

私は上谷の背中に手を回して、上谷はキスをしながら私の胸をまさぐった。

「広瀬のいやらしい顔、見たかった」

頬にかかった私の髪を払って、上谷が見下ろす。

激しいキスに息が上がる。急に与えられた快感に視界が滲む。キスと胸への愛撫だけで全身はすでに甘いもので満たされている。

「広瀬、ごめん。俺、限界。一度入れさせて」

上谷はそう言うと上体を起こして、どこからか取り出した避妊具を装着した。ほどよく引き締まった上谷の上半身が、月の光に照らされてまるで彫像のようだった。避妊具をつける仕草まで色っぽいなんて詐欺だ。

私は『いいよ』なんて返事をしていないのに、上谷は私の脚を広げると、ためらうことなく自身を挿入した。

そこには一度も触れられていないのに、抵抗なくスムーズに入ってきて、さらに卑猥な音までした。それは私がしっかり感じて濡れた証。

「あぁっ……んんっ」

「はっ、広瀬の中きつい。それにすげー気持ちいい」

上谷は入ってきた時と同じ緩やかな速度で出ていく。そしてまた、ゆっくりと入ってくる。激しい動きではないのに、上谷が動くたびに水音は増し、隙間から蜜が溢れていくのがわかった。

——気持ちいい。

イった後でないと私は、あまり気持ちよさを感じないタイプだった。出し入れされて揺すられるのは、別に気持ちのいいものでもなかった。

けれど今、私は上谷に突かれるたびに気持ちよさが増していくのを感じていた。だからか上谷が出ていこうとすると、引き留めるみたいにきゅっと締めてしまう。そのたびに上谷が荒い息を吐く。

「広瀬！　後で気持ちよくしてやる。だから一度イかせろ」

さっきからこの男は「一度」「一度」って言うけど、「一度」で済ませないつもりなの⁉

上谷はやっぱり返事なんか聞かずに、私の腰を掴んで激しく動き始めた。そうしながらも私の中を探るのを忘れない。内壁を抉(えぐ)るように押し付けては、私の弱い場所を見つけようとする。

私は揺らされて、ただ刺激を受け止めるのに精いっぱいだった。

「あっ……やっ、上谷っ」

「広瀬！」

動きの中でどこか追い詰められる場所があって、私は思わず嬌声(きょうせい)を上げる。

同時に上谷も私の中で果てた。

ほんの少し私を緩く抱きしめた後、上谷が出ていく。私は全身に与えられた甘い熱に浮かされて、体を投げ出していた。

もう裸を隠す気力もない。

後始末をした上谷がベッドに戻ってきて、そして私の前にグラスを差し出した。

「呑めるか？」

「ん」

上谷が私の体を起こしてくれる。

私は素直に身を任せてグラスを受け取ろうとしたのに、上谷はグラスの中身を自分で含み、それからキスをしてきた。

え？　口移し？

驚いたけれど体はすぐに反応して、私は唇から伝わる冷たいものを含む。それを何度か繰り返して、私は初めて口移しで水を飲むという経験をした。

「足りた？」

「……うん」

上谷に甘ったるく聞かれて頷く。

──私の気のせいかもしれないけど、やけに上谷が優しい気がする。

上谷は空になったグラスをサイドテーブルに置くと、ふたたびキスをしてきた。冷たかった唇がふたたびすぐにぬるくなる。

私はなぜまたキスが始まったのかわからなくて、上谷のキスから逃げた。

「広瀬？」

「な、んで。またキス？」

「さっきは俺だけ気持ちよくなったから、今度はおまえの番」

「え？　いいよ、私はさっきので充分！」

「うん。おまえがよくても俺はよくない。第一まだ一番大事な場所を味わっていない」

軽いキスはすぐに深まり、私はベッドに押し倒される。胸をまさぐった手は脚の間にうつっていく。

「ひゃあっ」

「はは、いい声。それにすごいぐしょぐしょ。こうするとおまえは、どんどん濡れていくもんな」

「やっ……上谷っ、もういいって」

「ダメだ。それにおまえがダメになる場所は、もうわかっている」

「あっ、あんっ……もぉ……んんっ」

上谷はにやりと笑みを浮かべると、指を一気に埋（うず）めた。溢（あふ）れた蜜をかきだして私のその周囲に塗り付けていく。それはソファでの戯（たわむ）れでも、さんざんされてきたこと。外側のびらびらも窪（くぼ）みも、形を確かめるように指でこする。そして与えられた快楽で目覚めていた小さな芽を押し潰した。

「やんっ……んっ、いやっ……んんっ」

上谷の指は器用に動く。こいつの言う通り私の弱い場所はとっくに把握されている。私は何度となく同じ場所でイかされてきた。

今は同時に胸を舐（な）められているから余計に敏感になっていく。いやらしい音を響かせて、私は上谷の宣言通りそこで達する。

「広瀬、まずはここでイけよ」

私は高くて甘い声を上げて、それでも上谷を睨（にら）んだ。

「いい子だ」

「やっ……もういいっ、上谷！」

「だめだ」

イった後はつらいのに、上谷は一言そう言うと容赦なく私の脚を広げさせた。なにをされるかわかって脚を閉じようとしたけれど、上谷は許さなかった。

私の太腿（ふともも）のうしろ側に手をかけて、腰が上がりそうになるほど脚を高く持ち上げてくる。

「やだっ、上谷！　こんな格好、いやっ」

「恥ずかしがる広瀬はかわいい」

「ばかっ、ばかっ」

「いっぱい見せて。広瀬のいやらしいところ。ああ、ひくついて泣いて……ああ、すげー真っ赤」

やだっ、もうこの男やだ！

――元々なんとなくこういう時だけ饒舌だとは思っていた。

普段は無口なほうだから、余計にそう思うのかもしれない。

でもこの実況中継だけは、あまりにも恥ずかしすぎる。

この男は私が恥ずかしがることをするのが好きなんだと思った。

「見られるだけで感じているの？　広瀬」

「違うっ」

「そう？　触ってないのにどんどん溢れてくるけど。ここもほら、ひくひくしている」

「上谷のそれやだっ。口にしないでよっ」

「じゃあ、お喋りはおしまいだ」

そう言うと上谷は、私のいやらしい場所に唇を寄せた。

表面をそっと舐め回され、溢れた蜜をすする音を立てられる。あまりにも恥ずかしくて脚に力を入れると、逆に上谷はさらに脚を広げておさえてくる。

そこは、幾度となく指で触られた場所。でも指とは異なる感触は、経験したことのない快感を運んでくる。

「ひゃっ……やんっ……ああんっ」

ぴちゃぴちゃと音がするのは私の中から出てくるもののせいなのか、上谷の唾液で濡れているせいかわからない。

舌は表面を強くこすったり、中へと入ってきたり自由自在に動き回る。

腰が揺れて爪先がつっぱる。

それなのにイきかけると上谷は動きを緩めてしまう。もどかしくてたまらない。

「かみ、やぁ……それ、あっ、はっ」

「気持ちいい？　広瀬。どんどん溢れてくる」

「あっ……んっ」

舌は決して一番敏感な部分には触れない。けれど、きっとそこは卑猥に大きくなっているはずだ。

「いい具合……広瀬、イって」

上谷はそう呟くと、敏感な粒をそっと舌でくるんだ。

たったそれだけで軽く達する。けれど上谷は、容赦なくその部分を強く舐めては吸い上げた。

「ああ！　上谷っ、やぁ！　怖いっ」

吸いつかれるたび痺れが走る。全身に快楽が波のように広がって、私ははしたない声を上げた。明らかに感じている声が、自分でも嫌なのに止まらない。

体が勝手にびくびく震える。

どこかに飛ばされそうで必死にシーツを掴んだ。

「上谷！　やだっ……イってる。もうイってるからぁ」

そんな自己申告したくなかった。それでも上谷は刺激を与え続けてくる。

小刻みに吸い上げては、きゅっと締め付ける。

あまりに強い快感に耐えられなくて、私は力を入れて上谷の頭を押しのけた。その瞬間、上谷が強くそこを食んできて、私はさらに激しく達する。

ぽろぽろと泣きながら、体を起こした上谷を睨んだ。

今までいろいろされたけれど、決して上谷は乱暴にも強引にもしなかった。

むしろ紳士的ともいえる触れ合いだった。

なのに今、この男はものすごく意地悪だ。

上谷は強く欲を湛えた眼差しで私を射抜く。

汗で額に張り付いた髪。いやらしいもので濡れた口元。上谷はそれらを乱暴に拭うと避妊具を準備した。そして私の脚に手をかける。

「上谷……待って。まだ私……」

たったそれだけの刺激で、私の体はぴくりと跳ねた。強烈な快感が全身に残っていて、その余韻だけでまた達しそうだ。

「気持ちよくなるだけだ、広瀬」

優しい口調で言うと、上谷は私の制止も聞かず、ふたたび私の中に入ってきた。いきなり奥を突かれて、私は嬌声を上げる。

「ここだろう？　広瀬。さっきイきかけたところ。ああ、すげー、搾り取られそう」

上谷の言う通りだった。私のその場所は、さっきとは比べ物にならないくらいうねっていた。上谷が腰を引くとしがみつこうと動き、入ってくると締め付けて奥へ誘おうとする。

上谷は確実に私が感じる場所を探し当てて、そこを執拗に狙ってくる。

「指では届かなかったもんな。俺でいっぱい感じて」

私はもう声を上げて揺すられるだけだった。上谷が腰を打ち付けるたびに押し寄せる快楽の波に溺れる。

ただ上谷の存在だけを強く感じる。

私の体の奥で、上谷の凶暴なものが暴れている。

「あんっ……あん、あっ、はぁん」

「広瀬っ……きっつ」

「やぁ……上谷っ、上谷！」

「んっ、イきそう？」

肌がぶつかる音、そして蜜が溢(あふ)れる音、そして私の上げる声。

部屋の中にはそれらが響いて、濃密で卑猥(ひわい)な空気で満たされる。

上谷は私の頭をそっと撫(な)でると、肩を抱いて体を起こした。上谷の膝の上に向かいあって座る形になる。そうすると中のあたる角度が変わった。

「やぁ……深いっ」

「ああ、広瀬の奥まで届く」

「上谷っ、あっ……んんっ」

「気持ちいいよ。おまえの中が激しくうねって俺を離さない」

「あっ……あんっ、はぁ……ああっ！」

がつがつと私の限界を突く動き。激しいのに痛みはなくて、いいようもない刺激が全身を突き抜けた。もっと欲しくて私の中が勝手にうねって搾り取ろうとする。

「上谷っ！　もぉ、だめっ」

「ああ、俺も限界」

上谷の手が私の頬を包んだ。それは上谷のキスの合図。

強く激しく舌を絡めながら、私たちは同時に果てへと向かった。

＊　＊　＊

ふわりと頭を撫(な)でて髪を絡める。額やこめかみになにかがささやかに触れて、それは唇にも落ちてきた。首や肩をなぞったものは、私の胸をそっと包む。優しく揉まれて、その刺激で、頭より体が先に目覚めた。

胸の先がくすぐったくて、目を開ける。

そこには上谷がいて、私はあまりの至近距離に飛び起きた。

「やっ……なに⁉　上谷、なんでっ」

叫んだ後で、自分が誰とどこにいて、なにをしていたか思い出す。

外はすっかり明るくなっていて、つけっぱなしだったベッドサイドのライトがうすぼんやりと見えた。そして隣のベッドのぐちゃぐちゃなシーツが目に入る。

どうやら寝る時は、犠牲を免(まぬが)れたもう片方のベッドに逃げたらしい。

「大丈夫か？　昨夜の記憶、ちゃんとあるか？」

上谷は寝そべったまま肘をついた手で自分の頭を支えて、意地悪な笑みを浮かべる。

「あー、まー、うん」

昨夜の痴態は記憶から抹消したい。

しかし残念なことに、私の記憶にも体にも刻まれていて忘れられるわけがない。

そこではっとして、自分が明るい陽の光の中で裸の上半身をさらしているのに気づいた。

「わっ、見ないで！」

慌ててシーツを手繰り寄せる。

「今更？　昨夜はおまえさえ知らない体の隅から隅まで俺に見せたくせに」

「見せたんじゃないよ！　勝手に見たんじゃん」

「まあ、散々もったいぶられたからな」

もったいぶったわけじゃない。ただ恥ずかしかっただけだ。

でもそんな羞恥心を上谷は粉々に砕いたんだよ、昨夜は！

思い出すと恥ずかしくなるので、私は頭の中に蘇った記憶をぱっぱと振り払う。

「広瀬」

改まった声音で名前を呼ばれて身構えた。こいつの次の発言なんか読めない。

「終わったから」

その言葉に、私は一瞬、今頃報告？　と思った。

とりあえずなんとも言えず「うん」とだけ小さく呟く。

「ちょっといろいろあって……さすがに円満とはいかなかったけど、最終的には解決したから」

「……うん」

円満とはいかなかった——上谷とずっと連絡がつかなかったのも、ここに来るのがぎりぎりだったのも、そのせいなのかもしれない。

でも、上谷は元カノとよりは戻さなかった。

問題も解決した。

それだけで充分だ。

「広瀬。おまえとこういう状況になる前から、俺と彼女の関係は破綻していた。会う予定をキャンセルしたのがきっかけで別れが確定したけど、そのこととおまえは無関係だ。それだけは理解しておいて」

——元カノと微妙な関係だったとはいえ、正式に別れる前から私たちは儀式のためにキスしていたからなあ。浮気だと思われても仕方がないかもしれない。

もしかしたら私が気にしないようにあえて言ってくれたのかな？

だから私も——

「わかった。あんたたちが別れたのと、今回の件は無関係ってことで」

と口に出した。

上谷は満足したようにふっと苦笑する。

「朝食、何時？」

「八時半……って、今何時よ！」

時計を探して時間を確かめて、私たちは慌てて身支度を整える。シャワーを一緒に浴びる浴びないで押し問答して、ぎゃあぎゃあ言いながら準備して朝食にありついた。

そして旅館をチェックアウトした後、その周辺を観光して二人で上谷の部屋に戻った。

午後八時五十八分――

最後であることを願って、私たちはキスをした。

＊＊＊

月曜日、それぞれ仕事を終えた私たちは、冷凍庫で保存していた食材を使い切って一緒に夕食をとった。交代でお風呂に入って、それからいつものソファの定位置に二人並んで座る。

上谷の調べによると昨夜が満月――つまり儀式の最終日だった。

今夜は本当に災いが起こらないかどうか検証するために一緒にいるのだ。

さすが、上谷。アフターフォローも万全だ。

そして、何事もなく午後八時五十八分を過ぎることができたら、私たちの奇妙な同居生活も終了となる。

私は枕代わりに持ち込んだお気に入りのクッションを抱える。

上谷はテーブルのスマホをじっと見て、なにか考え込んでいるように神妙な表情をしていた。

儀式の時間まで、あともう少し。

「上谷……お世話になりました」

「ん？　あ、ああ。そうだな」

「家賃も光熱費も負担していただき助かりました」

「こちらこそ、おまえの作り置きの食材のおかげで少し食生活が潤った」

「どういたしましてー」

——ようやく同居生活が解消になる。

最初は同居なんか嫌だったし、できるだけ早く自分のお城に戻りたかった。

なのに、どうしてこんなに気持ちは変わってしまったんだろう。

会社の同期で、私が一方的にライバル視していて極力近づきたくなかった男。

そんなやつと一ヶ月近く生活をともにするのは、祠によって与えられた、まさしく試練だったのに。

このソファの座り心地も、広いお風呂の快適さも、会社に近い利便性も手放しがたくなっている。

――嘘。

上谷のそばにいられなくなることが、ひどく寂しくて、そんな感情を抱いている自分に戸惑っている。

だからって、このまま一緒に暮らさない？　なんて甘ったるいことも言えない。

「上谷。荷物、少しずつ運び出そうと思うから、まだ部屋の鍵を預かっていていい？」

今夜までは上谷の部屋にお泊まりだ。

明日はスーツケースに入るだけ荷物を押し込めて、駅のコインロッカーに預けてから出勤する。

「ああ。鍵はおまえが持っていろ」

それでも全部は持ち帰れないから、週末に取りにくることになるだろう。

「いいの？」

「いいよ。それにうちに泊まるのに必要なものは置いていて構わない」

「……あ、りがとう」

さすがに、なし崩しに同棲はありえないか。

ちょっと寂しく思ったけれど、合鍵は持っていていいって言われたし、私物も置いたままでいいんだから、よしとしなきゃなあ。

そんなことを考えていたら、上谷の手が伸びて私の頭を引き寄せた。

びっくりしたけどもはや抵抗もなく、されるがままになる。

「ここは人に借りている部屋だから……このまま同棲するわけにはいかない。かといって管理を任されている以上、すぐに引っ越すのも難しい。でもいつでも来たい時に来ればいいし、週末は一緒に過ごそう」

そっか……そうだよね。

上谷の言葉で、同棲しない理由がはっきりわかって安心する。

私はそのままぎゅっと上谷に抱きついた。

「私、部屋が散らかっていたって片づけたりしないからね」

「そんなのおまえに期待してない」

「食事作って待ったりとか、甲斐甲斐（かいがい）しくあんたの世話したりもしないよ」

「だから、期待してない」

「飲み会後の便利な宿として利用するかもよ」

「帰りは俺を迎えに呼ぶか、タクシー使ってくるかしろよ」

「だったら、鍵預かってあげる」

「……おまえ、態度でかすぎ」

上谷の手が頬に伸びてきて目が合った。上谷は私とのやりとりをおもしろがるように、にやついている。

頬に触れる手はキスの合図。だけど、今夜はタイムリミット前のキスはお預けだ。

「時間、まだ？」

「あと少し。一応、儀式が終わったことを確認しておかないと」

「そうだね」

ふわりと抱き寄せられた。私は上谷の腕に守られて、その時間を迎える。

私を包み込む体温や、彼のかすかな香り、そして胸の大きさを感じながら身を委ねる。

また息が苦しくなったらどうしようって、災いが終わっていなかったらどうしようって、ほんの少し緊張していたけれど、その不安が軽くなる。

そしてスマホが午後九時を知らせるまで、私たちはソファの上でぎゅっと抱き合っていた。

「大丈夫か？　苦しくない？」

私は安堵で涙目になりつつ、一ヶ月の試練が本当に終わったのだと実感する。

「ん……大丈夫。終わったよね。本当に終わったんだよね」

「ああ、よかった」

うん、よかった。終わった。

これで毎晩同じ時刻にキスする必要はなくなって、私たちはいつでも自由にキスできる（いや、今までだってしようと思えばできたけどさ）。

「好きだ」

いきなり言われてどきっとしていると、私の頬に上谷の手が添えられる。

「か、みや？」

「名前、呼べよ」

「え？」

「俺の名前呼んで。名字で呼ばれると、いつまでもただの同期のような気がする」

頭の中で上谷の名前を思い浮かべた。口にしかけて、なんとなくためらう。

「なに？　おまえ知らないとか言わないよな」

知っているよ！　だって同期だもん。

「上谷は私の名前知っている？」

「真雪だろう」

さらりと言いやがった。

「印象的な名前だったからな。どんなかわいい子かと期待していれば……まあ見た目はともかく中身は合ってねーなと思った」

「余計なお世話！」

上谷はくすっと笑うと目を伏せて顔を寄せる。

「理都……」

「真雪」

「理都、好き」

「俺も、好きだ」

私たちは互いの名前を呼び合いながら、好きって言い合って、そして何度となくキスを繰り返した。

儀式ではない。恋人同士の戯(たわむ)れのようなキスを。

祠(ほこら)の儀式のキスをきっかけに、私たちの恋はこうして始まったのだった。

第二章　これは恋のつづき

祠(ほこら)の儀式を乗り越えて、私たちが日常を取り戻して一週間。

私は自分の部屋に戻り、キスをせずに午後八時五十八分を迎えても呼吸困難に陥(おちい)ることはない。

夜をゆったりした気分で過ごすことができる。以前と同じ、平穏な日々が返ってきた。

唯一違うのは、敬遠していた同期の男と付き合い始めたことだ。

上谷理都。

イケメンで、仕事もできて、同期の中で一番の出世頭という将来有望な男。

仕事をしているといつも、私の欲しいものをかっさらっていく目の上のたんこぶ的存在だった男。

同期の仲間内では、『こいつらがくっつくことはないよねー』と思われていただろう私たちだ。

そして私自身、今回のようなきっかけでもなければ、ずっとあの男はただのいけすかない同期だっただろうなあと思う。

金曜日の夕方近くになって、仕事が一段落し、休憩でもしようかと思っていた時。久しぶりにきた理都からのメッセージを見て眉根を寄せた。

私たちは同居中も、連絡事項以外のやりとりをしたことがなかった。

こうして同居を解消すると、その最低限の連絡事項のやりとりさえもなくなってしまった。

私は、何気ないメッセージのやりとりをするほどかわいげのある性格じゃないから、ほぼ音信不通状態になってしまう。

ドキドキしながら開いた画面には『週末に出張が入った。荷物を運ぶのは難しい、ごめん』とだけあった。

およそ一ヶ月に及ぶ同居生活で、私はいろいろな私物を理都の部屋に持参していた。かさばるものは後日車で運んでやると言われていたので、すぐに必要のないものは置いたままなのだ。

私はとりあえず『わかった。少し自分でも運びたいから、週末もしかしたらそっちに行くかも』と返す。すると『週末の状況次第で、他の出張も入る可能性があるからしばらく会えないと思う。ごめん』と返事があった。

週末に出張、そのうえ状況次第では出張が続くなんて、かなり忙しいようだ。

これは儀式のために今まで仕事の調整をしてくれていた反動だろうか?

だったら、ちょっと申し訳ないかも。

同時になんとも言えない妙な感情が心をちくちく刺した。

あいつとは部署が違うため、職場で顔を合わせることはほとんどない。これまでだって、せいぜい社食で見かける程度だった。前回みたいに社員旅行の準備だとか、研修プログラムへの参加だとかがない限り会わない。

儀式をするために毎日顔を合わせていた反動なのか、会えない日々が増えていくにつれてあいつとの関係が幻みたいに思える。

――私たち一応、付き合い始めたんだよね？

本当に仕事が忙しいから会えないだけだよね？

まさか、儀式が終わって時間が経ってきたら気持ちが冷めてきたとかじゃないよね？

このままフェードアウトを狙われていたりして。

もやもやもやと、妙にマイナス思考ばかりが浮かんでくる。

自分らしくないうしろ向きな思考になってしまうのは、会えない日々を寂しいと感じているせい。

あいつに会いたいと思っているせい。

そしてそれは……私の中であいつの存在が予想以上に大きくなっていることの証明。

そう、くやしいことに私は、自分で思うよりもあの男に惹かれていたらしい。

私はスマホをバッグに放り込むと、残っていた仕事を片づけることでそれらを振り払った。

＊　＊　＊

数日後、私は社食で久しぶりに環奈の姿を見つけてトレイを持って近づいた。

他部署の環奈とは、お昼休みの時間帯が仕事でずれてしまうと顔を合わせないこともある。

「環奈！」

環奈はすでに食事をほとんど終えてお茶を飲んでいる。秘書としていつも小綺麗にしているのに、今日の環奈はどことなく疲れている雰囲気を醸し出していた。

「社食で会うの久しぶりだね。仕事で忙しかった？」

「真雪……」

環奈は私の顔を見るなり、口を小さく尖らせた。

これは、環奈が話したくてうずうずしている時の顔だ。それでいてストレスをためている顔。

儀式のせいでずっと夜一緒に呑みに行けずにいたからなあ。

これは誘ったほうがいいかも。

「環奈、すごく疲れているね。なんかあった？　話聞くよ」

私は食物繊維たっぷりランチを口に運びながら切り出す。

「真雪、あんた能天気な顔しているってことはまだ知らないのね」

「ん？　なにを？」

環奈はちらりと周囲を窺う。どうやらあまり大きな声では話せないことがあるらしい。

秘書課に在籍しているからか、環奈自身の人脈の賜物なのか、彼女は様々な情報（噂話）に精通している。

私はあまり興味がないので、結構環奈に情報をもたらされて知ることが多い。

今度は誰がくっついた？　それとも別れた？　もしかして誰か結婚とか？

タイミングよく私たちの周囲に座っていた人が食事を終えて席を離れていった。まわりから一気に人気がなくなる。

「上谷の話、聞いてないの？」

私は思わず、きんぴらごぼうをごくんと呑み込む。

まさかあいつとの関係がばれた？　いやいや早すぎでしょう。

それにもしそうなら、環奈がこんな回りくどい切り出し方をするわけがない。

目まぐるしく頭の中が暴走する。

「噂が広がっているんだけど、聞いてないんだ」

「上谷がどうかした？」

努めて平静を装って私は聞いた。

「この間、地方の老舗企業との契約をとってきたって言ったでしょう？」

うん。それは聞いた。

それで成績が一気に上がって、今期のＭＶＰものって言われているって。

「あれ、白紙になったの」

「え？」

「おかげで上層部は大慌て。私も出張に付き合わされて大変だったんだから」

契約が白紙？

「上谷が……なんかミスしたの？」

「そこがはっきりしないのよ！　でも上谷が関係していることは確か。向こうは上谷に対してご立腹らしいんだけど、その理由がいまいちはっきりしなくて、それで揉めているのよ。部長じゃ埒が明かなくなって、とうとう副社長が出向くことになったの」

——急に入った週末の出張。そしてそれ以降、結局理都は出張続きだ。

まさか忙しい理由がそんな大事に対応していたからだなんて全然知らなかった。

あいつはそんなこと一切私には言わなかったし。

メールの内容だって、『今〇〇』だとか『いつまで〇〇にいる』とか業務連絡みたいで、私も『大変だね』とか『お疲れ様』程度の返事しかしていなかった。

そういえば同居していた間だって、理都から仕事に関することを聞いたことはなかった。お互い言えないこともあるし、愚痴るタイプじゃないのもあるけど、なによりそういうのを言い合えるほど私たちの関係はまだ深くない。

「上谷、大丈夫なの？」

「まあ、彼はこれまでの実績があるから、上層部もできるだけ庇う方向で動いているみたい。だからといってお咎めなしってわけにはいかないだろうから出世には影響するかもね」

「そう、なんだ」

「さすがの真雪も、ライバル上谷のミスに喜んだりはしないようね」

環奈は私と理都の関係が変化していることを知らない。

まあ、さすがの私もこうなる前の関係性だったとしても喜んだりはしなかったと思う。

むしろ今は、もしかして私のせいなんじゃないかって不安のほうが先に立つ。

儀式の期間、あいつは仕事量を調整していたし出張も避けていた。契約がとれたばかりの企業に対してフォローする時間が足りなかった可能性だってある。

「副社長のフォローで、なんとかなればいいんだけどね」

こういう時、恋人はどうするんだろう。

咄嗟にはいい案が浮かばない。

理都――！

理都には、いっぱい助けてもらった。

私はあいつが相手だったから、このひと月を乗り越えられた。

安心して頼ることができた。私は甘えるばかりで、あいつになにかしてあげられただろうか。

「真雪？」

「……上谷、大丈夫かな」

「どうだろうね。まあでも、ここが正念場なのかも」

環奈と別れた後、私はいろいろ悩んだ末に理都にメッセージを送った。

理都からは夜遅くに『心配してくれてありがとう。でも大丈夫だ。真雪が気に病むようなことはない』と返信があった。

――午後八時五十八分になると私は寂しさを覚える。

心にぽっかり穴が開くってこういう気分なんだなと思うぐらい、私はその時間を意識する。

あいつの手の大きさを、ぬくもりを、激しくて淫ら（みだ）なキスを思い出して。

＊＊＊

そして翌日。

私は仕事を終えた後、理都の部屋を訪れようと決めた。

どうしても理都の存在を確かめたくて、一緒に過ごした日々に意味があったのだと思いたくて、荷物を取りに行くという名目で昼休みにメッセージを送った。

あいつからは『了解』と短い返事があった。

終業と同時に仕事を切り上げる。

会社のエントランスを抜けたところでスマホが震えて、私は端に寄って電話に出た。

「理都？」

『真雪、まだ会社か？』

「ううん、でも今、エントランスを出たばっかり」

久しぶりの理都の声に、心臓がどきどきする。

一緒にいた時はそんなことなかったのに、離れた途端こんな瞬間に気持ちを自覚させられる。

離れて初めて大事なものがわかるとかってフレーズ、なんか、あったよな。

まさしく今、そんな気分。

『今夜来るんだろう？』

「うん、理都がいないのにごめん」

『いいよ。いつ来ても。そのために鍵渡したんだから』

「仕事どうなったの？　まだ出張が続きそう？」

いつもメッセージのやりとりばかりで、あまり電話できずにいた。理都も話せないことが多いみたいで、私は詳しい事情がわからずじまいだ。

『いや、一応ケリがついた。もう少し後処理すれば、自由な時間が作れる』

「そっか」

ケリがついた、と聞いてほっとする。理都とこうして話しているだけで胸がいっぱいになった。

そうだ。この男はどんな状況になったって嫌味なくらい冷静だ。

今回の件だって乗り越えて、そしてきっと自分の糧にするのだろう。

昔はそういう、できる男ぶりが鼻についたんだけどな。

むかついていたんだけどな。

結局それって、やっぱり私のただの嫉妬だったのかな?

『あれだけ一緒にいたせいかな……会えないと落ち着かない。儀式の時刻になると、いつもおまえを思い出す。こういう効果も見越した上での試練だったのかもな』

電話で話しているせいだろうか。理都らしくない、やけに甘ったるい内容。

いや、ここ一ヶ月で知ったこの男は結構甘やかすタイプだった。

私は存分に甘やかされて絆されて、牙を抜かれちゃったんだもん。

「うん。私も……その時がくると思い出すよ」

ちょっと恥ずかしかったけど、素直にそう答えた。

時刻がくると夜空を見上げる癖がついた。形が変化していく月を見ているうちに、自分の心が移り変わったことも思い出してしまう。

「会いたいよ……理都」

『真雪？』

「会いたい、理都……」

――好き。

こうして声を聞いただけで気持ちが溢れて、泣きたくなるなんて思いもしなかった。

『真雪。今夜そのままいてよ、俺の部屋。遅くなるかもしれないけど今夜は帰るから。だからいろよ』

「うん……うん。わかった」

声が震えないように、それが理都にばれないように私は元気に返事をした。

やっと理都に会える。

儀式なんか関係なく、会うことができる。

電話を終えると晴れ晴れとした気分になった。こんな短いやりとりで気分が上がるなんて私もゲンキンだ。

思わず今夜の月はどこにあるかと、都会のビルの隙間に目を凝らした時だった。

「広瀬さん！　よかった。お客様がいらしてるよ」

そう言って声をかけてきたのは、わが社の受付嬢。

私がまだ近くにいるのが見えたらしく、わざわざ飛び出してきてくれたようだ。

お客さんて誰だろうと、彼女の視線を追った先に、綺麗系の清楚なお姉さまがいた。

「あなたが広瀬真雪さん？」

「はい。あの……」

こんな綺麗なお姉さまと関わりがあっただろうかと記憶をたどる。

受付嬢は役目を終えたとばかりに、軽く頭を下げて社に戻っていった。

「理都のことで、あなたに会いにきたの」

あいつの名前を呼ぶのを聞いた瞬間、私はさっと血の気がひいていくのがわかった。

＊＊＊

彼女に会って最初に思ったこと。

あの男、面食いだ。

手入れの行き届いたストレートの長い髪。ナチュラルなネイルカラーの爪。お化粧も派手ではなくポイントを押さえた上品メイクで、清楚な雰囲気でありながら色気が滲んでいる。おまけにジャケットの下のお胸は、なかなかのボリュームだ。

――ああ、まああれと比べられたら、私は確かに『小さい』わ、とちょっと腹も立った。

理都のおそらく元カノと思われる女性――柳田朋絵さんと私は、会社近くのカフェに入って向き合って座り、コーヒーを頼んだ。

――うわお、これって一種の修羅場だよね。

なまじ疚しい気持ちがあるため、ちょっと怯みそうになる。

別れる寸前だったとはいえ、理都が朋絵さんときちんと関係を終わらせる前から私たちは儀式を行っていた。

そこに関しては罪悪感がある。

でも、それ以上にちょっと気持ち悪い。

なんで彼女は私のことを知っているんだろう。

なんでわざわざ訪ねてきたんだろう……それも京都から。

「ご存知だと思うけど、私と理都、付き合っていたの」

「はあ」

恋人がいたことは存じ上げているけれど、彼女が自分になんの用があるのかはわからない。それに、名前と顔までは知らなかった。

いろいろ疑問は浮かんだけれど余計なことは言わない。相手がどんな情報を持っているかわかんないもん。

「彼は、ものじゃないので返せません」

私は即座に切り返した。

正直むっとした。こういうの嫌いだ。

初対面の人にいきなり言うセリフじゃないと思う。

うしろめたい気持ちがないとは言えないけど、返せとか返さないとか私と彼女が争うことじゃない。

そういった件は理都と直接話し合うべきだ。

「上谷くんとあなたがお付き合いしていたことはわかりました。そして別れたことも聞いています。よりを戻したいなら私ではなく、上谷くんと交渉してください。私には関係ありません」

あいつをくんづけで呼ぶと舌を噛みそうになる。言いづらいなあ、上谷くんって。

だいたい自分から別れ話をしておいて、後から『よりを戻したい』なんて言って、さらに私に『返して』とこうしてわざわざ会いにくるなんて、彼女がなにをしたいのかわからない。

私がこういう態度をとるとは思わなかったのだろう。

彼女は余裕ありげに笑ってはいたけど、こめかみがひくついている。

「関係ない？　今、理都が大変なのはあなたのせいなのに？」

「どういう意味ですか？」

「大きな契約が白紙になったのは知っているんでしょう？　その会社って私の叔父が経営しているの。契約に応じたのは、理都が私の恋人だったから。私の後押しがあったから彼は、あの契約をとることができたの」

理都が契約した地方の老舗企業。それが目の前の人の叔父の会社？

だから契約した。そして、別れたから契約を白紙にしたってこと？

なんじゃそりゃ。

企業が個人的理由でころころ意思を翻していいわけ？

とはいえ白紙になったせいで理都の将来がピンチになったのは事実だ。

「私と別れるなら契約は白紙にするって言ったのに、理都は応じなかった。会社に大きな打撃を与えられて自分だって大変な立場になるのに……それでも私と別れるって」

——理都がこの人に別れ話をしに行った日を思い出す。なかなか連絡がこなくてやきもきして、旅館の夕食ぎりぎりの時間帯にやってきた。

やっぱり大揉めしたんだなあと思った。

理都はなにも言わなかったけれど、大きなものを天秤にかけて、そして選んできたんだ。

「満足？　理都が自分を犠牲にしてまであなたを選んで。理都を苦しめることに罪悪感はないの？」

私のせい？

理都が大変なのって私のせいなの？

契約より私を優先したせい？

一瞬、彼女の言葉に動揺しそうになる。

違う、違う――理都は契約が白紙になっても別れることを選んだのだ。あいつが大変なのは、『別れたら契約白紙』だと駆け引きしてきた彼女のせいのはず。

危ない……彼女の言葉に流されるところだった。

私は自分を奮い立たせて、もう一度言った。

「私には関係のないことです」

ちくちくする部分もあるけど、それは今は無視しよう。でないとこの人に呑み込まれてしまいそうだ。

「やっぱり、理都が苦しんでも罪悪感なんてないのね。あなたは理都を好きなわけじゃない。理都を誘惑して私と別れさせて、仕事も滅茶苦茶にしたかっただけなんだ。理都の人生を狂わせたかっただけ」

――はいい？

なんで私があいつの人生を狂わせたりしないといけないの！

そもそも、私の誘惑にひっかかるほど、あいつはバカじゃない！

「上谷くんを誘惑したりだとか、仕事を滅茶苦茶(めちゃくちゃ)にしたりだとか意味がわかりません」

――なによりー！　理都を好きじゃないとか、あんたに言われたくないんだけど！

「少し調べたのよ。あなたと理都はライバル関係だったって。あなたはいつも理都に負けていた。そして嫌っていた。その腹いせに彼を誘惑して、私との仲を引き裂いた。だから苦しむ理都を見ても平気な顔をして罪悪感もない。自分には関係ないなんて言えるんだわ」

わからん！

この人がなにを言っているのかわからん。

でもこの人には、そんな風に見えるらしい。いやそう思い込みたいだけなのかもしれない。

「もういいでしょう？　理都は苦しんでいる。満足したなら理都を返して。あなたみたいな卑怯(ひきょう)な人に彼は渡せない」

涙目で健気(けなげ)な口調で、一見理都のことを思いやっているような内容。

この場面、第三者が見たら私が悪者なんだろうか？

これはどう収拾をつければいいんだろう。

「あいつは……そこまでバカじゃない」

恋人だったならわかるだろう。あいつはかなり優秀だよ。

「私程度の女に誘惑されたりしない。今回だって、あなたが本当に好きなら別れてはいない。それに仕事だって、あいつはきっと挽回(ばんかい)できる。あなたの手を借りなくても、きっと自力でなんとかする。だってあいつ、優秀だもん」

私がいつも負けちゃうぐらい。

「それに――私は理都が好き。あなたが信じなくても、理都が疑っても、私の気持ちは私だけのものだから」

私は、きっぱりそう宣言してやった。

＊＊＊

駅からの道を、俺は出張帰りの大きなスーツケースを転がしながら会社へと向かって歩く。

真雪に電話を入れた時、会社を出たばかりだと聞いたから、一瞬、近くまで戻ってきていると言おうかと思った。

だが、俺はこれからまだ会社に出張報告をしなければならない。少しでも会えばぼうしろ髪引かれて、これから仕事をするのが億劫になる気がして伝えなかった。それに今夜は家に帰れば、ゆっくり会うことができる。

さっさと終わらせて帰ろうと決意して、足を速めた時だった。

ふと、大通りの向こうに真雪らしき人物を見かけたような気がして思わず足を止める。

会社帰りに直接俺の家に行くのであれば、利用する駅は反対にある。

会いたいと思いすぎて幻でも見ているのかと苦笑した時、もう一人見覚えのある人物が目に入って俺は目を凝らした。

――まさか！

二人の女性はなぜか連れ立って大通りの真向かいのカフェへと入っていく。

俺はどちらの横断歩道を使うほうが早く道を渡れるのかと通りを見渡した。残念なことに、俺はちょうど中間ぐらいの位置にいて、その上、どちらも距離があった。

俺は舌打ちしつつ慌てて踵を返した。大きなスーツケースは足手まといで、ガタガタ響くだけでスムーズに動かない。

俺の見間違いならいい。気のせいならいい。いっそ赤の他人なら。

けれどもし真雪だったら……そしてもう一人の女性が元カノである柳田朋絵だったら――

嫌な予感しかしない。

俺は彼女に会うために京都に行った日と同じぐらい陰鬱な気分に襲われた。

——この間、朋絵に電話口で『よりを戻したい。別れたいと言ったのは駆け引きだった』と言われた時に失敗したなとは思っていた。もう一度話したいと泣かれて、わざわざ京都に会いにいったのは、顔を合わせてはっきりと決別するためだった。

けれど待ち合わせ場所には、朋絵だけでなく彼女の叔父までいて、さらには俺が契約を結んだ老舗企業のトップが彼女の叔父であること、契約の裏に朋絵の後押しがあったことを知らされた。

『朋絵と別れるのは考え直してほしい。それができないなら、わが社との契約はなしにする』

そんな風に脅しをかけられて、ものすごく面倒なことになったと思った。

朋絵と二人で話をさせてもらっても平行線で埒が明かない。

彼女の叔父とも話をしたけれど、契約は朋絵と交際を続けることが条件だと言われたから、俺も勝手に決めることはできなかった。

上司に理由を話して、俺のプライベートが関係したことを詫びて判断を仰いだ。

プライベートとオフィシャルを混同させるような企業と契約する危険性も、その企業と同等ぐらいの他社との契約を取ってくるとも伝えて。

そこまでしても、会社のために交際を続けろと言われたら退職も覚悟した。

幸い上層部が冷静に判断してくれて、ほっとした。

それでも方々に迷惑をかけたことは事実で、俺は少しでも挽回すべく、以降精力的に働いた。正直今までで一番働いたっていうぐらい。

半年間の研修中に作ったコネをなんとか活かして、俺は新たに数社との契約にこぎつけた。

フォローしてくれた部長や副社長のおかげでもある。

本音を言えば、もし真雪の存在がなかったら、俺は恋人と別れない選択をした可能性もあった。

大きな契約を継続できるなら、多少のプライベートの犠牲もやむを得ないと判断したかもしれない。

でも俺は彼女に約束した。片を付けてくると。それを違えたくはなかった。

ようやくカフェの前までたどり着き、ガラス越しに店内を見る。嫌な予感は当たって、やはり真雪と朋絵が向かい合って座っていた。見るからに険悪な雰囲気だ。

ただ真雪は、怯みつつもなにやら言い返しているように見える。

さすが真雪だ。朋絵に負けずに、自分のペースを守っている。

——俺はずっと真雪に会いたかった。

儀式が終わって仕事も忙しくて会えなくなって、もしかしたらこのまま距離を置くのも簡単なのかもしれないと思った。奇妙な状況で恋に落ちたから、吊り橋効果が働いているだけという可能性もあるかもしれない。

でも、真雪と離れて過ごす日々は、俺の抱いた感情がただの性欲でもまやかしでもないと教えてくれる。

遠距離の恋人と会えなくてもどうってことなかったのに、真雪と会えないのはきつかった。

恋愛なんて理性でコントロールできるものだと思っていたのに、そうじゃない自分がいると知った。

俺はようやくカフェの入り口をくぐり、彼女たちのもとへ駆けつける。

先に俺の姿を見つけた朋絵が顔を強張らせる。

俺は真雪の背後へと立って、彼女の肩に手をのせた。

——遅くなってごめん。巻き込んでごめん。そんな気持ちを込めて。

気丈に対応しているように見えたのに、うしろから覗き込んだ時、真雪の手は小さく震えていた。

そうだ。俺は彼女のこういう部分が愛しくてたまらないのだ。

ぴくりと震えて振り返った真雪は、大きく目を見開いた後、泣きそうになりながらも俺を恨めしそうに睨んだ。

＊　＊　＊

いきなり肩に触れた手があって、こんな状況なのに空気を読まずに近づいてきたのは、どこのどいつだ！　と思った。

それが理都だと知って、私は呆気にとられた。

さっき電話で話した時はいかにも遠くにいそうな感じだったのに、こんな近くにいたのかよ。

「ここまでにしてもらえるか？　今回の件にこいつは関係ない。悪いのは俺なんだから責めるのは俺にすればいい」

理都は淡々とした口調で言うと、深く頭を下げた。

「ごめん」

そう言って理都は四十五度以上頭を下げ、そのままで静止した。

周囲の視線が、何事かと一気に集まってくる。

理都……こんなカフェで頭下げるって、ある意味勇者だな。

私への土下座といい、彼女への謝罪といい、この男はいざという時すごく潔い。

頭を下げたままの理都の姿に「なになに、どうしたの？」と周りが囁き始める。

う……この場から消えたい。

同じことを目の前の彼女も思ったのだろう。理都の姿を見て、わなわなと震え始める。

「理都！　頭上げて！」

「いや、悪いのは俺だから許してもらえるまで頭を下げるよ」

「なによっ……なんなのよっ！」

注目を浴びているから彼女の声は抑えられている。でも、口調から困惑や憤（いきどお）りは伝わってくる。

「どんな駆け引きをされても俺の気持ちは変わらない。でもあなたらしくない行動をとらせたのは俺のせいだってわかっている。悪かった」

「いいから頭上げてよ！」

彼女が席を立って理都に怒鳴る。

「理都が大変な目にあっているのに、平気な顔して関係ないなんて言う女のどこがいいのよ！　見た目だってそこそこでしかなくて、私と顔を合わせても飄々（ひょうひょう）として――女の趣味、最悪じゃないの！」

理都はようやく頭を上げて苦笑しやがった。ちょっとそれって認めたことにならない!?

あらゆる意味で私と彼女に失礼なんだけど！

「でも俺は彼女が好きだ」

そう言って理都が私を見る。こんな衆人環視の中で宣言されて、嬉しさよりも羞恥が湧き起こる。いや、嬉しいけどさ、きっぱり言われて。

「なにを言われても、あなたとよりを戻すことはない。それに、俺になにを言っても構わないけれど、彼女を責めるのはやめてほしい。これ以上言いがかりをつけるなら俺も黙ったままじゃいないよ」

理都の声は、あくまでも落ち着いていた。でも前にいる彼女を見つめる目は、とてつもなく冷たい。それが逆に怖い気がした。

「私は謝らない。こんな女を選んだこと、後悔すればいい！」

わなわな震えていた彼女は、怒りも露わに言い捨てると、そのまま席を離れて店を出ていった。

えーと、取り残された私たちはどうすればいいの？

「とりあえず店を出るぞ」

理都は周りの視線になど構わずに、私たちのテーブルの上の伝票を取り上げてレジへと向かっていった。

いつでも冷静なのは頼もしいような、あいつだけダメージが少なそうで腹立たしいような、なんともいえない気分で、私は理都の後をついていった。

カフェを出て少し歩いた先にある広場に着くと、理都はベンチに腰をおろした。大きなスーツケースは出張帰りの証拠だ。

駅と会社との中間にあるこの場所は、ランチタイムには移動販売車が並んでいる。うちは社食があるので、私はあまり利用したことがないけど。

私は理都の隣に座った。

「びっくりした。まさかあんたがこんな近くにいるなんて思わなかった」

「俺もびっくりした。おまえと彼女が二人でいるのを見かけて焦ったよ」

うん。いつも涼しそうにしているのに額が汗で湿っている。カフェに来た時もちょっと息が荒かったしね。

私たちを見かけて慌てて来てくれたんだろう。

もう少し早く登場してほしかったけど……

「……契約白紙って、彼女のせいだったんだ」

「ああ」

「別れ話、円満にいかなかったどころの騒ぎじゃないよね」

「まあ俺の自業自得だから。契約に彼女が関係していたのに気づかなかったし、そういう駆け引きをしてくるとは思っていなかった。おまえのことを調べて会いにくるなんて、もっと想像してなかった。そういう部分、付き合っている時は微塵も見せなかったから」

私は、理都はもっと彼女のことを恨んでいるのだと思っていた。

彼女の公私混同のせいで契約白紙にはなるし、挽回のための出張は続くしで、この男は大変な目にあった。出世にだって確実に響いている。

それなのに理都の口調には、そんな気配は微塵もない。

「でも、それも多分俺のせいなんだよ。別れ話をされた時も理由なんか聞きもせずに、あっさり電話で終わらせた。俺が彼女を都合よく解釈して、きちんと向き合っていなかったせいだ。そしてそのせいで、おまえにも嫌な思いさせたな。本当にごめん」

私は理都のネクタイをぐいっと引っ張った。

理都が、うえっと苦しそうな声を漏らす。

「びっくりした。ちょっと怖かった。身に覚えのないことをいっぱい言われて頭にきた。誰がいつ、あんたを誘惑したのよ！」

「真雪……」

「責められるたびに私のせい？　って思ったりもした。でも、あんたが関係ないって言った言葉を信じて……」

そう、だから私は強くいられた。

「真雪、俺と彼女の別れにおまえは関係ない。儀式も関係ない。契約白紙の件だって一切無関係だ。おまえは、ただ巻き込まれただけだ。だから気にしなくていい。本当にごめんな」

理都の手が伸びてきて、私の頭を撫でる。私はネクタイから手を離すと、理都にしがみついた。

ここが会社の近くでも、屋外でも構わない。ものすごく久しぶりの理都の匂いと感触に、これが欲しかったのだと思った。

理都も、ぎゅっと抱きしめてくれる。

「会社戻るの？」

「ああ、後処理してくる」

「私、待っていたらいい？　部屋に行っていたらいい？」

「部屋で待っていろ」

「ごはん食べる？」

「そうだな。買ったものでもいいから準備しておいてもらえると助かる」

「わかった」

私が落ち着きを取り戻すと理都は会社へと戻り、私は夕食の食材を買ってからあいつの部屋へ行った。

＊＊＊

理都は結局二時間後ぐらいに帰ってきて、夕食を食べて入浴を済ませた。

久しぶりのこの家で迎える夜に、こっちのほうが落ち着くかもと思って自分でも驚いた。

慣れって怖いよね。

「悪かったな。留守中いろいろしてくれたんだろう？」

そうですね。食材補充したり、ちょっと掃除機かけてみたり、郵便物まとめたりはしたかな。

「あー、まあ。勝手にごめん」

「いや、助かった」

ソファの隣同士に座って、私たちはビールを呑んでいた。疲れていてアルコールが早く回りそうだからとワインは選ばなかった。

私としてはワインを呑んで酔っ払って、今日のいろんなことを忘れてしまいたい気分だったんだけどな。

大騒ぎを起こしたから、あのカフェには二度と行けないと思うもん。

ついでに『女の趣味が最悪』って話も思い出して、なんだかなあって気にもなる。

それに、契約白紙の内情も知ったし……

「ねえ、契約をたてにとられたくせに……よりを戻そうとは思わなかったの？」

中身はともかく、外見はとても綺麗な人だった。今回の暴走だって、こいつを引き留めたいがために必死だっただけ。

「そうだな……おまえとこういう状況になっていなかったら、当初予定していた日に京都に会いにいって話し合っていただろうし、そもそも別れなかったかもしれない。別れたとしても、契約白紙を撤回できるなら、よりを戻した可能性もある」

真っ暗なテレビに視線を向けたまま理都が言う。私はその横顔をぼんやり見た。

前から見ても横から見ても、どこから見たって整った顔立ち。

今はそれに疲労が滲んでいて、やつれているくせに色っぽいんだから反則だ。

「まあ、でも『もし』なんて考えたって仕方がない。祠の岩を動かして儀式を行うことになった。毎晩キスをすることになった。そうすれば妙な気にもなる。それで実際俺たちは最初、過ちを犯した」

――はい。

それは私も自覚がある。

最初は確実に「過ち」だった。

決して理都を好きだったから触れたわけじゃない。触れられたかったわけじゃない。

だから「うん」と素直に返事をする。

だったら、いつ私は理都を意識したんだっけ？

でもその「過ち」がきっかけのひとつであることは確かだ。

だって私は嫌じゃなかった。理都に触られるのが嫌じゃなかったから拒まなかった。抵抗しなかった。

「でも二度目は違う。おまえがどうだったかは知らないけど。俺はあの時には、おまえに落ちていた」

「落ちていた？」

聞き返した私に、理都は呆れを含んだため息をつく。

――え？　だって落ちるってなにが？　どこに？

二度目って……あの急な残業の日だよね。

理都がわざわざ会社に来てくれて――それで私は、ほっとしたんだよ。

理都の姿を見て安心した。来てくれて嬉しかった。すごくドキドキした。

あの日女子トイレ内で交わしたキスは、いつもと違った気がしたけれど、落ちるとか、そんな要素はどこにもなかった気がする。

「おまえに惹かれているんだって気づいた。だからあの夜おまえに触れた。儀式とか関係なく……おまえを好きになったから触れたんだ」

ぶわっと、いきなり涙が溢れた。

自分でもびっくりするぐらい。

理都も当然びっくりして、それで私を抱きしめてくる。

「おまえはっ！　本当に予想外の女だな。いきなり泣くな」

「うん、自分でもびっくり」

涙はぽろぽろ出てくるけど声は落ち着いている。きっと驚きすぎて体が先に反応しているんだろう。

「俺は最初からおまえに誘惑されっぱなしだよ！　おまえは無自覚だろうけどな！」

ぎゅって抱きしめながら怒鳴ることじゃないし、それは反論したい。でも言葉が見つからない。

「誘惑してない」

「された！」

「……どのへん？」

「風呂上がりに部屋着姿で出てきて無防備だし、キスした後はとろんとした表情するし、舌の絡め方はいやらしくなるし、触っても抵抗しないし」

やっぱり反論したかったけどできなかった。ただ恥ずかしさが込み上げてくる。

私は理都の背中に手を回してしがみついた。

「私も好き！　理都が好き！　女の趣味最悪でもいいぐらい好き！」

「やっぱり最悪じゃんか。無自覚の小悪魔だろうが、おまえは！」

——そうかな？

でも、もうどうだっていいよね。

私が誘惑したんだとしても、理都の女の趣味が悪くても。

私は理都が好きで、理都は私が好きなんだから。


寝室に入ると理都は、すぐさま私をベッドに押し倒した。

あいつの手が頬に触れて、すっかり慣れた角度で唇を合わせる。

最初から互いに舌を伸ばして舐め合った。

——ああ、これだって思った。

この感触、唾液の味、舌の絡め方。

儀式を行っていた一ヶ月の間に、すっかり覚えさせられたもの。

少し時間が空いても、毎晩のキスの記憶はしっかり体に残っていて、私はもうキスだけで全身から力が抜けてくる。

その隙に理都は私の服を全部脱がして、彼自身も裸になる。

男らしい綺麗な体のラインに見惚れる余裕もなく、私たちは何度も深いキスを繰り返した。

儀式のためのキスではないのに、儀式と同じぐらいか、それ以上の時間をかけて激しく舌を絡めた。

唾液(だえき)を与えているのか与えられているのかわからない。ただ互いの口内をとろりとしたものが行き交って卑猥(ひわい)な音をさせる。

舌の付け根を強く締め付けられたら、私もおかえしをする。口内を弄(まさぐ)られたら、私も理都の口内に舌を伸ばす。どこもかしこも舐(な)めつくすだけで息が上がり、体はどんどん敏感になっていった。

理都が少し乱暴に唇を離したせいで、口の端から唾液(だえき)がこぼれる。理都はそれを指で拭うと——

「ほら誘惑している」

と、言った。

「おまえ、自分がどんないやらしい表情しているか、わかっている？」

「そんなの……理都のせいじゃん」

「真雪」

甘く囁(ささや)かれて、びくっとしてしまう。そのまま耳たぶを食(は)まれて、私は小さく声を上げた。

「真雪……このへん弱いよな。このあたりにキスすると、いつも震えてかわいかった」

「そんなこと……ないっ」

この男に触られるだけだった時、首筋や耳のうしろによく唇を落とされたり舐められたりした。そのせいで敏感になったんだよ！

理都は耳たぶをいやらしく舐めながら、同時に私の胸に触れる。彼の手に覆われて、形が変わるほど揉まれる。

「んっ……やんっ」

耳たぶから首、鎖骨へと舌が這った後、それは胸の先へうつった。

手で揉まれては舌で転がされる。熱い舌が吸い付くたびに、そこはどんどん尖って敏感になる。

かすめるように舐めたかと思えば、唇できつく挟む。

「あっ……んんっ」

「真雪、声いっぱい上げて。俺おまえの声、結構好き」

名前を呼ばれるたびに甘く響くのは、どうしてだろう。口調も私への愛撫もなにもかもが優しくて、私の体はどんどん緩んでいく。

胸の先を指で弾きながら、理都の舌はおへそや恥骨へと下がっていった。たくさんのキスが、お腹に降ってくる。

そんなところ舐めたって楽しくなさそうなのに、私だってそういうところで感じるのは嫌なのに、体温がどんどん上がっていった。

理都は体を起こすと、私の足首を掴む。そのまま足の先を舐められて、思わず引いた。

「やっ……なんでっ」

「なんでって……舐めたいから」

理都は私の戸惑いなど無視して、足首をもう一度強く掴み、指を口の中に含む。普段感じることのない生暖かい感触は、妙な高揚感を運んできた。

「あんっ……汚いっ！」

「汚くない」

きっぱり言って、理都は足の指やその間を舐め始めた。

そんなこと今までされたことないっ！

それに舌が這う時は温かいのに、離れると冷たく感じる。そうされるたびに全身から力が抜けていく。

理都は私の脚を持ち上げて舐めながら、ゆっくりと脚を広げていく。

秘めた部分までさらされたのに、閉じることなどできなかった。

とろりと中からなにかが溢れる感覚が襲う。

理都が舐める足の先から痺れが走って、そこへ向かっていく。

「濡れている。足舐められるの気に入った？」

——そんなのわかんない！

濡れている事実を指摘されたことも、そこをじっくり観察されるのも恥ずかしくてたまらない。そしてその羞恥が、ますます私を追い詰める。

足のくるぶしやふくらはぎまで舐めた後、太腿の内側に小さく吸い付かれる。痕がつくほどじゃないと思うけど、わからない。

唇がだんだんと中心に向かってくるのを期待しているように、出てきたものがとろりと伝うのがわかった。

理都の指が、くぷりと中に入ってくる。

「ひゃっ……ああんっ」

「真雪、おまえぐしょぐしょ。ほら、おまえのいやらしい音わかる？」

「言うな！　ばかっ。あっ、やっ、音たてないで！」

「たてているのはおまえ。ここをこすると、もっと出てくる」

「ああっ……ひゃっ、あん、あんっ」

理都は私の弱い場所をよく知っている。触られるだけの時に散々探られたのだ。こいつは指だけで私をイかせることができる。

緩やかだったものが一気に激しくなって、私の体ががくがく震えた。

数本の指を出し入れされるたびに、どんどん中から蜜が湧いてくる。

それなのに理都は指だけでなく、舌で敏感な粒までもこすり始めた。

「だめっ……ああ！」

腰が上がる。与えられる刺激から逃げたいのに、私の体は裏腹に、理都にそこを押し付けているようだった。舌で転がされては、きゅっと吸い付かれる。断続的に吸われると、後は高みへとのぼるだけだ。

私は一際高い声を上げて達した。

その一瞬だけ理都は動きを止めたのに、私に落ち着く暇など与えず、すぐに刺激を再開する。

激しく指でかきまぜられながら、舌で舐（な）め回されて、私は休む間もなくイかされ続ける。

「やぁ……もぉイった。理都っ！　イったから」

「何度でもイけよ」

「怖いっ……あんっ、またっ……きちゃう。ひゃあ！」

そこに全部の意識が持っていかれそうになる。奥がきゅんきゅん収縮して切なくてたまらない。

「もっと乱れて」

怖い。怖い。全身に快感が満ちて、自分の体がどうにかなってしまいそう。

ふたたび大きな波が押し寄せてきて、自分の中からいやらしいものが溢れそうになる。声を抑える余裕もなく、ただ乱れて喘いで落とされる。

「り、つ！　理都！　もぉ……ああっ!!」

どろどろにとけきっているのに理都にそこに吸い付かれ、私はがくがくと全身を震わせた。

理都が、やっと私を解放してくれる。

顔は涙と涎で汚れ、体も汗といやらしいもので汚れている。私は、はあ、はあと肩で息をすることしかできない。

だから理都に再度脚を広げられても抗えずに、落ち着かないままの体にやつを受け入れる。

一気に奥まで入れられて、その瞬間また自分が飛んだのがわかった。

理都は私の腰を掴み、容赦なく出し入れし始めた。

そんなに激しくされたら痛そうなのに、解れた体はそれを喜んでいた。理都のものが入ってくるたびに中が蠢く。彼を離すまいと貪欲に締め付ける。

私の意思など関係なく、体はこの男によって与えられるものを求めていた。

「りつ……やっ、おっきい」

「ばかっ！　おまえ」

「ああんっ、深いよぉ」

「これでも抑えてんのに……おまえ俺に壊されたいの？」

もう充分、壊されているよ。

私の中に理都が入ってきて、そして一番奥で繋がっている。そのことがとても嬉しいなんて、どうかしている。これだけ乱されて、喜んでいるなんて……私はバカだ。

「理都、ぎゅってして」

私は快感に染まる中、理都に手を伸ばした。

理都は私の望むまま、背中に腕を回してぎゅっと抱きしめてくれた。

――ふいに最初のキスを思い出す。

突然の呼吸困難で苦しんでいる時も、理都は私を抱きしめてくれた。

――本当はあの時、守られている感じがしたの。

「真雪、一緒にイくぞ」

「うん。理都、大好きっ」

私のセリフに舌打ちした後、この男は容赦なく私を揺さぶって、宣言通り一緒にイってくれた。

＊　＊　＊

結局、理都は契約白紙を挽回(ばんかい)するために精力的に動いた結果、新たにいくつか契約を結ぶことができたらしい。よって今回の失敗はプラマイゼロになった。

あの男は、転んでもただでは起きない。

そういうところは、やっぱりむかつく。

でも、私のそういう感情を一気に吹き飛ばすほどの事実が、週明け早々に発覚した。

私と理都の噂が社内に広がっていたのだ。

会社近くのカフェで私と元カノがバトルを繰り広げた様子も、理都の公開告白も、さらにその後、広場で私たちが抱き合っていた姿まで誰かに見られていたらしく、それはそれはものすごい騒ぎになった。

まず昼食のために向かった社食で、肉食系お姉さま方に囲まれて理都との関係について聞かれた。

仕方なくお昼ご飯は自席でとる羽目になり、極力部署外に出ないように心掛けたにもかかわらず、トイレから出たところで、かわいらしい後輩女子に囲まれた。

『上谷さんとお付き合いされているって本当ですか？』と涙交じりの声で聞かれて、私はできる限り穏やかな笑みを浮かべて『ええ』としおらしく答えた。

――あー、まじであの男と付き合うって面倒くさい、と心の中で悪態をつきながら。

さすがに先輩方と違い、彼女たちは『そう、ですか……』と落ち込みながらも大人しく退散してくれたけど。

すさまじい数日間だった。

やつの人気ぶりは認識していたつもりだったけれど予想以上だ。

そういえば今まで、理都の恋人はいつも社外にいた。

あいつは恋人ができるとそれを公にしていた（告白されるとそう言って断っていた）けれど、実際に彼女の顔を見たことがある人は、ほとんどいなかっただろう。

だからか、あいつに憧れる片思い女子が後を絶たなかった。

そこに私の存在だ。

社内！　それも同期、さらによりによって同期の中でも犬猿の仲だと認識されていた相手。

そのため同期女子は『上谷と付き合っているって噂があるんだけど……嘘だよね？』と、明らかに信じていない様子で聞きにきた。

――そうして疲労困憊で週の半分を過ぎた時、ラスボスと対峙することが決まった。

環奈からは一方的に、

『金曜日十九時、いつものお店を予約した。拒否権なし、当然奢り』

という脅迫メッセージが届いた。

＊＊＊

そして迎えた金曜十九時。私たちは馴染みの店にいる。ちょっとシックな雰囲気のイタリアンは、私と環奈にとってご褒美的なお店だ。お値段設定が高めでサービス料もきちんととられる分、リッチな気分を味わえる。

その個室で私はリッチとは程遠い心情で環奈と向かい合っていた。

それなりのお店なので、私たちの格好もいつもより綺麗目だ。

私はからし色のワンピースにオフホワイトのボレロ。環奈はグレージュのセットアップ。ボトムスは横にスリットが入ったタイトスカートで、彼女の脚線美を際立たせる。

「それで、私の耳にはいろんな噂が入ってきているんだけど」

シャンパンのグラスを掲げて乾杯した後、環奈はさっそく切り出した。

「ちなみに、その噂って？」

オブジェのようにお皿に飾られた小さなアミューズを口にしながら、私は聞いた。まずは環奈がどれぐらい情報を手にしているか聞きださねば。

「そうね。最初は上谷と恋人との間に真雪が割り込んで略奪したとか、路上で二人で抱き合っていたとかだったかしら」

——ほぼまんまじゃん、それ。

「けれど上谷と真雪なんてありえない組み合わせだって話になって、上谷を嫌いな真雪がわざと二人の仲を裂くために誘惑したって説が流れだした」

ああ、また『誘惑』って言葉を聞くことになるとは。カフェで元カノが言っていたから、誰かに聞かれてたのかも。

「次に、それらは全部、上谷が恋人と別れるための芝居だった説が出た。真雪は上谷の恋人の振りをしたってこと」

——ああ、うん。

同期の女の子たちはそんなニュアンスのことを言っていた気もする。どうせ嘘なんでしょう？　的な。

「で？　環奈はどれが正解だと思う？」

じろりと環奈に睨まれた。美人秘書の名が台無しになりますよ、環奈ちゃん。美人は凄むと怖いんだから。

環奈は私を睨んだ後、口角を上げて自信たっぷりにほほ笑む。

「私はね、真雪のことも上谷のこともわかっているつもり。真雪が上谷を誘惑できるほどのテクニックを持っているとは思えないし、真雪の誘惑にひっかかる上谷でもない。恋人と別れるために面倒な小細工をするほど上谷が卑怯な男だとも思わない。それにもし仮に恋人の振りを頼むのなら、真雪じゃなくて私を選ぶと思う」

私は思わず拍手をしたくなった。

すごい、環奈。確かに恋人の振りを頼むなら同期のうちなら環奈が一番適任だ。だって理都と環奈が並べば無敵の美男美女カップルだもん。

まあ、環奈には溺愛されている恋人がいるから……そんな許可がおりるか不明だけど。

「それで環奈の結論は？」

「上谷と真雪は普通に付き合い始めた。ただそれだけ。まあ、きっかけさえあれば真雪が上谷に転ぶのなんて簡単だったろうしね」

私は手にしたスプーンを落としかけて、ぐっと力を入れた。

まあ、付き合い始めたのは事実だからそれはいいよ。

でも、私が転ぶのが簡単ってどういう意味⁉

「な、なんで私があいつに簡単に転ぶのよ」

「だって真雪、最初からずっと上谷のこと意識していたじゃない」

「はあ？　意識なんてしてないよ！　好意を抱いたことなんかない！」

個室とはいえ、ちょっと声が大きくなった。

咄嗟にグラスを手にして、シャンパンをごくごく呑んでしまう。

「真雪は意識していたよ。もちろん好意ではなかったけど、ライバル意識が半端なかったじゃない？」

「だから、ライバルでしょう？」

「あのね、真雪。好意も嫌悪も相手を意識しているから生まれる感情なの。相手に無関心だったら、嫌悪さえ覚えない。私はそういう意味では上谷には関心ないもの」

——そ、それは環奈の好みのタイプが特殊だからじゃん！　とは怖くて言えなかった。

「真雪はマイナス感情だったとはいえ、ずっと上谷を意識していた。あえて避けようとするぐらいものすごくね。それだけ意識していたんだもの。きっかけさえあれば、それがプラスになるのなんてあっという間。だから真雪が上谷に転ぶのは想定の範囲内よ」

——そ、そうなの？

環奈の主張に、私は反論できずにぐるぐる考え込む。

た、確かに最初は嫌だった。面倒だった。でも、なんかあいつの気遣いとか優しさとかに触れて、それでそれが楽になって。だんだん信頼して……

環奈は次に運ばれてきたお料理に感嘆して、スタッフににっこり愛想のいい笑みを浮かべている。

「とはいえ私にも、そのきっかけがわからないの。だいたい真雪は、いつから上谷と付き合い始めたのよ」

「え、と。つい最近、かな？」

「きっかけは？」

「え、と。それは……」

私はどう説明していいかわからなかったのに、環奈に誘導されるままファンタジーな祠の話を聞きだされてしまった。

「毎晩キス？　そのために同居？　それは……真雪が転ぶのも無理ないよ」

「環奈。こんな話、信じられるの？」

「真雪はそんな嘘を思いつくタイプじゃないでしょう？　まあ信じられないけど、本当か嘘かはどうでもいいし。それより……真雪、それって大丈夫なの？」

本当か嘘かはどうでもいいんだ。さすが環奈。

そしてなにが『大丈夫なの？』なんだろう？

私の疑問がわかったのか、環奈は呆れたように息をついた。

「特殊な状況下で恋に落ちたってことでしょう？　今はまだその余韻があるんだろうけれど、日常に戻っていくうちに、冷める可能性もあるんじゃないの？」

「ああ、まあ、そのあたりは私も悩んだよ、一応。自分の気持ちの変化が一番信じられなかったしね……」

「なんだ、そっか。そのあたりはきちんと考えて今があるんだ。じゃあ大丈夫かな」

環奈はなんだか一人で考えて、勝手に納得したようだ。

「まあ、大丈夫かどうかはわからないんだけどね」

『好き』なんて感情がいつまで続くのかなんて誰にもわからない。環奈の言う通り特殊な状況下で始まった関係。逆に言えば、そうでなければ始まらなかった関係だ。

「いつも自信満々の真雪が……そっか、真雪、本気で恋に落ちちゃったんだねえ」

「なに、それ」

「自分の気持ちに戸惑うのは、理性で判断できない証拠。理性で判断できないのは、どうしようもなく好きになったせいよ」

「環奈――、恥ずかしいこと言わないでよ」

「恥ずかしそうにする真雪が、かわいいんだもん」

それから先は私と環奈は和やかな雰囲気で美味しい料理に舌鼓をうった。

＊＊＊

『迎えにきて』と俺が呼び出されたのは、落ち着いた雰囲気のレストランだった。

ちなみに真雪本人から呼び出されたのではなく、友人である南環奈からだ。

昨晩真雪は、今夜は南に追及されるのだと、戦々恐々としていた。普段は怖いものなんかなさそうな真雪も、やはり南には敵わないらしい。

店内に入ると、入り口付近のソファには南だけがいた。

「南。真雪は？」

「真雪なら洗面室。お迎えありがとう」

「いや、呼んでもらってよかった。あいつ、迎えに行くって言っても俺を呼ばないから。あいつ、だいぶ呑んでいるの？」

「うん、ちょっと呑ませたから」

南が言うからには、そうなんだろうなと思う。我が社の優秀な秘書様は、人を掌の上で転がすのが上手だ。

「真雪から、祠の話聞いた」

「そう」

別に隠すようなことじゃない。あんな話を信じるか信じないかは所詮本人次第だ。

「そういう状況下なら、真雪を落とすのなんて上谷には簡単だったよね？」

棘のある口調に、俺は南を見た。

彼女はなんの感情も見せずに、俺の視線を受け止める。

南が今の俺たちの関係について、好意的でないことがよく伝わってくる。

「元カノと別れるために真雪を利用したって噂があるの、聞いている？」

「なにが言いたい?」

「真雪を傷つけたら許さない」

「俺は、あまり信用ない?」

「ないよ。上谷って仕事できるし優秀だし、イケメンだし人当たりもいいし、いつも落ち着いていて冷静だし、そういうのは私も評価している。でも――」

――真雪ともそうだけれど、南とも仕事以外の接点はあまりなかった。嫌われてもいないし好かれてもいない、そんな関係だったのに、俺はどうやら今、彼女を敵に回しているようだ。

「真雪に興味なんて一切なかったよね? あの子がどんなにライバル視していたって、あなたは無関心だった。なのにどうして今更、真雪を選んだの? 裏があるって疑われても仕方がないと思うけど」

疑問と疑念の混ざった眼差しは、どんな嘘も見逃さない強い光を宿す。綺麗なバラに棘があるように、南も鋭い爪を隠していたようだ。

真雪にしろ南にしろ、俺はなぜか彼女たちのような女性からは警戒されている。

――確かに俺は真雪に関心などなかった。同期連中が、俺たちが付き合うことになったことを胡散臭く見ているのは知っている。

俺たちのことをよく知っているやつらから見れば、俺たちの関係は確かに『今更』だ。

「南……真雪を選んだのに裏なんかない。強いて言えば、俺が先にあいつに落とされたから……落とすことにしただけだ」

洗面室から出てきたらしい真雪が俺の姿を見つけて、酔いが一気に冷めたようにはっとする。

それから彼女は俺と南の顔を見比べて、恥ずかしそうな悔しそうな表情をする。恥ずかしいのはわかるが、どうして悔しそうにするのかわからん。

――そこがあいつのおもしろいところだけど。

素直なのか素直じゃないのか。あいつを見ていると、いつも予想外すぎて驚かされる。

「……上谷が先に落ちたの？」

南が小さく呟いた。

そうだよ。俺が先にあいつに落ちた。だから誘惑されたのは俺のほうだ。

「なんで……あんたが」

ここに？　とでも言いたげに真雪が呟いた。

せっかくかわいらしさと色気が混じったワンピース姿なのに、口を開くとダメな女だ。それとも俺相手だからこうなんだろうか。

こんな格好で、他の男には素直なこいつを想像するとちょっとむかついた。

「私が呼んだの。今夜は真雪に呑ませすぎたから迎えにくるように頼んだ」

「びっくりしたよ。環奈が心配するほど呑んでないつもりだけど」

「いいの。どっちでも。真雪を迎えにくるかどうか知りたかっただけ」

というより、俺に釘を刺したかっただけだろうが。

真雪は南の言葉に一瞬驚いて、そして肩をすくめた。

「環奈。なんか心配している？」

「あたりまえ」

「あんた信用ないね」

ふいに真雪が、俺のほうを見て呟いた。

「それ、俺のせいか？」

「でも上谷は迎えにきたし、真雪はこんなだし。二人一緒にいる姿見てちょっと安心した」

ふんわりと南がほほ笑む。

ああ、これが秘書課女神のほほ笑みかと、噂で聞いていても拝めなかったものを見られて、俺は感心する。

これは、男どもが騒ぐのも無理はない。

そして真雪は真雪で「環奈！」と名前を呼んで抱きついて、ものすごく嬉しそうに笑う。

南の言う通り、少し酔いが回っているのか潤んだ目をしてあどけなく笑う姿は、俺があまり見ない真雪の笑顔だった。

ひそかにこの二人が社内のやつらから観賞用として愛でられている理由を俺は知る。

「南、一緒に送る」

「あら、じゃあお言葉に甘えて。タクシー代浮いて助かります」

「安全運転でお願いねー」

見た目だけは極上の二人は、やっぱり口を開くとちょっと残念だった。

＊＊＊

環奈を送った後、私は理都の部屋に連行された。いや、もともと行く予定ではあったからいいんだけど。

でも玄関に入ってドアを閉めた途端、抱きしめられてキスをされたのはびっくりだった。

すぐに入り込んできた舌が、私の口内を舐め回す。私は反射的に舌を絡めて応えるけれど、動きが荒すぎてついていけない。呑み込む余裕もないまま唾液が口の端からこぼれていく。

唇を離した後、少し乱暴に理都の指が濡れた顎を拭ってくれた。

「理都？」

「酒の味がする」

「ごめん。呑みすぎた、かな?」

「こういう服装、初めて見た」

脈略なく告げられて、私は自分の服を見下ろした。

今日行ったレストランは場所が場所だけに会社仕様とは違う。

まあ、理都の前でこういうきちんと系の綺麗目な服装をしたことがないのは確かだ。

だってさ、そういうおしゃれデート自体、まだしたことないし!

「こういうの嫌?」

「その逆だろう? かわいいし色っぽいし、脱がしたくなる」

は? 脱がしたくなるのか?

「おまえ似合うよな。こういうかわいい系。男受けする服装だから、他の男に見せるのは癪だけど」

なんか、褒められているのか嫌がられているのか微妙だ。それに、話しながらボレロを脱がしたり、ワンピースのファスナーをおろしたりしないでほしい。

「ちょっと! 理都!」

「あ、下着もかわいい」

「待って、理都。ちょっと待って、ここで?」

ここ、まだ玄関だけど！　え？　なんで私、こんなところでブラのホックまではずされているの⁉

理都は問答無用で私の唇を塞ぎ、胸に触れてくる。

シャワーも浴びず、玄関先の廊下で立ったままという状況に、私はただ混乱するだけだ。

それなのに酔いが回っているせいで、体は拒むどころか、理都が与える刺激を素直に受け止め始める。

柔らかくて熱い舌が蠢く。強引なのに肌に触れる手は優しい。胸を揉んでは掌で先をこすってくる。

ボレロは廊下に落ちて、ワンピースは足元でぐちゃぐちゃだった。その上にブラが置かれて、今私はストッキングごと下着まで脱がされようとしている。

「理都！　やっ……待って」

こんな場所で、私だけ全裸ってどういうことよ！

理都の服は一切乱れていない。濃紺のボタンダウンシャツに濃いグレーのパンツ。カジュアルと綺麗系のバランスのいい格好だ。

――さっき理都がレストランに迎えにきた姿を見た時、かっこよくてちょっときゅんとした。

理都は私の片脚から下着とストッキングを抜くと、私の目を覗き込んだ。

「大丈夫。真雪のココは濡れているから」

え？　と思う間もなく立ったままの姿で指を数本入れられた。それはすぐに私の中でばらばらに動いて、卑猥な音を立てる。

「ひゃっ……んんっ……あっ、あんっ」

理都の言う通り、そこはとっくに濡れていて、いやらしい音がする。そして彼の指が動くごとにどんどん溢れていく。

「理都！　恥ずかしいっ……あんっ……やぁん」

「うん。おまえ、いつも恥ずかしがるよな。そういうところ、もっと見たい」

「はっ……あんっ、あん。理都！」

「かわいいよ。ほら、ここもぐしょぐしょ。恥ずかしいことされると真雪はすぐに濡れちゃうな」

「やんっ、ばかっ……そういうの、やっ」

「そうか？　ここはすごくうねっているけど」

——やばいっ。この男スイッチが入っている。

理都は私の中をかきまぜると同時に、外側の敏感な場所にまで指をあてる。器用に優しく動く指は呆気なく私を快楽に導いた。

「はっ……ひゃっ、理都！」

「イきそう？」

全身に力が入って、つま先立ちになる。理都は私の腰を支えて、指の動きを速めた。

蜜はますますいやらしい音をたてて、太腿（ふともも）の間を伝っていく。廊下を汚しそうで嫌だと思うのに、迫りくる快感に抗うことができない。

「理都っ……いやっ……ああんっ、ああっ」

自分の声が卑猥（ひわい）に耳に響く。達すると同時に力が抜けて座り込みそうになったのに、理都は私の脚を抱え、そこを広げた。

「やっ……まだイったばかりなのに！」

「だからだろう？　このまま、またイけよ」

「理都！　んんっ、避妊っ！」

「大丈夫だ」

なんで？　なにが大丈夫？　ここ、ベッドじゃないのに！

理都はズボンのポケットから避妊具をとりだすと素早く装着する。用意周到さがうらめしい。いや、むしろ今は褒めるべきなの⁉

理都が強引に入ってきた瞬間、私はふたたび達して声を上げた。

立ったままの不安定な姿勢なのに、あいつの凶悪なものは私の奥深くに到達する。お腹が抉（えぐ）られるんじゃないかと思うほど、理都は激しく抜き差しする。

そして私はそれに痛みを感じるどころか、初めて味わうその深さが気持ちよくてたまらない。

「真雪……腰揺れている」

自分ではわからない。でも体勢が不安定すぎて理都にしがみついていたいのだ。

「あっ……だって」

私は理都の首のうしろに腕を回して、ぎゅっと抱きついた。

「理都！　理都……あっ、またっ」

「ああ、イって」

理都が私を突いているのか、私が貪欲に理都を呑み込んでいるのか。

ただ繋がり合える場所を、互いに求め続けた。

＊　＊　＊

玄関先で抱いた後、俺は真雪を寝室に連れ込んだ。

「理都！　シャワー！」

「どうせ後で浴びる」

「やっ……汚いからっ」

「汚くない」

真雪をベッドに押し倒すと、俺は自分の衣服を脱ぎ捨てる。

真雪はまだ言い返す元気はあるようだが、足元はおぼつかないし、ろくな抵抗もできない。

酒に弱い印象はなかったけれど、あまり外で呑ませないようにしなければと俺は心に決めた。

しっかりしていて気が強いイメージがあるせいで、俺はこいつを見誤っている部分が多々ある。

こいつが俺を苦手だと思っていた頃は絶対にこんな隙を見せなかったのに、それが一旦崩れると、かなり無防備になるのがわかった。

——週明け早々、俺と真雪の関係は社内で噂になった。

会社近くのカフェでいわゆる修羅場を繰り広げ、カフェを出た後も外のベンチで真雪と抱き合っていた。

あれは退社時刻の頃だったから、誰かに見られる可能性は充分あった。

真雪はすぐに『どうすんの！　ものすごい噂になっているよっ。彼女と別れたばかりなのに、すぐに私と付き合っているなんてバレて大丈夫なの！』と、おろおろしていた。

俺はむしろ、あれだけのことをしておいて、平穏無事で済むと思っていたことのほうが不思議だったが。

仕事で迷惑をかけたうえにこんな騒ぎになったことには、多少申し訳ない気持ちもあった。だが俺は特定の恋人がいない時のほうが煩わしい思いをしていたので、会社にバレても別に構わなかった。

予想外の面倒事も起きて、それには少し困ったけれど。

広瀬真雪を狙っていた男性社員はそこそこいて、俺はその対応に追われた。

『なんでおまえが広瀬さんと！』と嘆かれることもあれば、『今度は社内の女かよ』と嫌味を言われることもあった。

その中で一番腹立たしかったのが、真雪と同じ部署の若手社員からの言葉で――

『広瀬さんとお付き合いしているという噂は本当ですか？　本気だと思えません』と、俺の気持ちを疑われたことだ。

さらにそいつは俺に宣戦布告をしてきやがった。

俺は真雪の膝を広げて押さえ、ぐしょぐしょに濡れた場所に唇を寄せた。何度もイって一度俺を受け入れたその部分は、いやらしく変化している。薄紅色に色づきぷっくりと膨らんで、奥のほうがひくついているのも見えた。そこからこぼれてくるのは真雪が感じている証。

俺は舌を差し入れると、まるでキスをするようにつつく。味わい、呑み込み、ふたたびそこを嬲っていくと真雪のかわいらしい喘ぎ声が寝室に響く。

押さえている膝にきゅっと力が入って、真雪は腰を浮かせてふたたび達する。

「待って！　やだっ……もぉイったから」

——イったからもっと攻めるんだろう？　ここで緩めたら、せっかく高めたものが落ち着いてしまう。

イき続ければ壊れるのがわかっているんだから、逃がせるわけがない。

「何度でもイこうな、真雪」

「無理っ！」

彼女は「やだ」とか「無理」とか否定的な言葉を吐く時ほど高まっている。

そして普段強気な彼女が、そういう弱い部分をさらすから俺はそこにつけこみたくなる。

俺はとろとろに蕩けたそこに指を差し入れ、かきまぜる。彼女の弱い部分はもう把握していた。痛みがないようにそっとさすると、うねりをもって俺の指を包む。その感触を味わいながら、かわいらしく存在を主張する場所をそっと舌でくるんだ。

少し吸い上げると真雪はあっけなく乱れていく。全身に力が入り緩める余裕もないまま、体がびくびく震えた。

どこから湧き出るのか、真雪のいやらしい蜜がどっと溢れてくる。

「理都っ！」

俺を求める切羽詰(せっぱつ)まった声に、俺は真雪がどんな表情をしているか知りたくて体を起こし避妊具をつけた。

「理都！　……んっ、やだっ、体が勝手に！　理都、りっ！」

「大丈夫だ、真雪。楽にしてやる」

汗で頬に張り付いた髪をよけると、真雪は熱い息を吐きながら潤(うる)んだ眼差しで俺を欲した。

——ああ、かわいい。

普段かわいげのない姿を知っているから余計にかわいい。

「やぁ……んんっ、早く！　欲しいよぉ」

頬を薄紅色(うすべにいろ)に染めて、恥(は)ずかしそうに真雪が言葉を吐き出す。いやらしい言葉を言わせる趣味なんてなかったはずなのに、こういう姿を見ると、どうしてだか追い詰めたくなる。

「真雪、なにが欲しい？」

俺は真雪の首筋や鎖骨や胸の谷間に軽くキスを落としながら聞いた。たったそれだけの刺激で真雪は身をよじる。

「ばかっ、ばかっ！」

かしこい彼女は、俺がなにを求めているかきちんと把握したようだ。

「欲しいなら言葉にして言えよ」

真雪が目を見開いた後、くやしそうに表情を歪めた。目じりから涙がこぼれていく。汗と涙と涎といろんなもので濡れた彼女の姿は扇情的で、それでいて庇護欲にかられる。

俺はしっかり興奮している己を手にして、彼女のその部分にこすりつけた。そこは、ひくひくと痙攣しつつ俺を受け入れようと、いやらしく口を開ける。

すっかり勃起した敏感な蕾にも先端をあてると、真雪はふたたび腰を浮かして声を上げる。

「ばっか！　焦らさないで！　理都の意地悪！」

「意地悪なのはおまえだろう？　俺だって限界。なにが欲しいか、さっさと言え」

「ばかっ、ばかっ。理都が欲しいの！　理都の入れてよー!!」

最後まで悪態をつきながら、真雪がやっと口にする。本当はもっと卑猥で、下品な言葉を言わせたい気もしたけれど、それをすればさすがに彼女も引きそうで、俺は真雪の願いを叶えることにする。

「いい子だ」

真雪の中はきつく収縮していたものの、俺をスムーズに呑み込んでいく。熱くうねるそれにもっていかれそうになるのを耐えて、俺は彼女の中を味わった。

奥まで挿入した瞬間、真雪の手が救いを求めるように俺に伸ばされる。俺は指を絡めて真雪と手を繋いだ。

真雪のそこは凶悪なほどきつく俺を締め付ける。そうしてふたたび達する姿は、ものすごくいやらしい。半開きの唇から漏れるのは、言葉にならない喘ぎだけ。

乱れる姿も、卑猥な声も、搾り取ろうとするその感触も、真雪の痴態のすべてが俺を煽る。

これ以上の暴走はダメだと思っていたのに、俺は結局真雪の「待って」という言葉も聞かずに、乱暴に彼女を抉った。

「真雪！　真雪！」

「あんっ……んんっ……やぁ……ああっ！」

「すげー気持ちいい。おまえも、もっと感じて」

「理都！　っちゃう……またイっちゃうよぉ」

「ああ、俺も」

真雪の弱い部分を攻めて、俺は彼女が達するのと同時に奥で自分も爆ぜた。

＊＊＊

上谷理都の見た目はクールだ。いつも落ち着いていて冷静で、なにが起きても狼狽えることもなく飄々と対応する。

だからか私は勝手なイメージで、セックスもそつなくスマートにこなすのだろうと思っていた。

むしろ、もしかしたら淡白かな？　とか。

まさしくそれは私の勝手なイメージで、理都のセックスは想像以上に激しかった。

激しいというのもあるけど、いやらしいというか、ねちっこいというか。

意地が悪いというか。

もういっそ自分だけ気持ちよくなってくれればいいのに、この男は先に私をとことんまで追い詰める。

うしろからの体勢とか、動物みたいで好きじゃなかった。

相手の上に跨るとか、自分だけ乱れるみたいでもっと嫌だった。

それに、シャワーも浴びずにいろいろされるのも本当は抵抗があった。

なのに！

この男は私の要望なんか聞きもしない！

なんでか「大丈夫だ、真雪」とか勝手に甘く囁いて、自分のペースにもっていってしまう。

今だって、「真雪、水」と言った後、なんでか口移しで飲ませてくるし、そんでもってそのままキスが深くなるし。

「むりっ、もぉ無理！」

顔を振ってキスから逃げると、理都は「ごめん」と口先だけで言って私の額にキスを落とす。

そして私の隣に横になり、緩く抱き寄せて背中を撫でてくる。

だーかーらー、その手つきがいやらしいんだよ！

「ははっ、もしかしてどこ触っても感じやすくなった？」

「ばかっ！　あんたのせいじゃん、んんっ」

「ああ、声もかれちゃったな。かすれてかわいいけど」

そうだよ！　喘ぎすぎて喉だって痛いよ！

もう触られたくないのに、逃げる体力もないし、それにやっぱりこの腕の中は心地いい。

「シャワー浴びたいのに動けない」

「もう、どうせいろんなもので汚れまくっているから急ぐことないだろ。俺が連れていってもいいけど」

そうしたらバスルームでまたやられそうで、私は口を噤んだ。

……こんなに濃厚なセックスをするタイプだったなんて、儀式の時はよほど我慢していたんだろうか。

「少しは……んんっ、加減して」

「ああ、そうだな。おまえ意外と体力ないし、なんていうか慣れてないよな」

「慣れてないって」

ここまでがつがつした男と付き合った経験がないだけだ。

「反応が初心(うぶ)すぎるんだよ。だからちょっと俺が暴走する羽目になっている」

「あれで、ちょっとなのー？」

「いや、だいぶか。だから半分はおまえのせいだ」

私のせいにしやがった！

「明日、出かける予定がなければなあ……もっといろいろできたのに」

いろいろって……これ以上なにをするつもりなんだろう。

――私は明日のお出かけ予定に感謝したくなった。

本当はあまり気が進まなかったんだけど、一日中ベッドに縛り付けられるのは避けられる。

私は理都の腕の中で、疲労と睡魔に襲われるまま目を閉じた。

＊＊＊

土曜日の午後、私は理都の運転する車である場所に来ていた。

ある場所——

それは、私たちにとって因縁(いんねん)のある場所だ。

あの夜はお祭りで屋台が出ていたし、提灯(ちょうちん)で飾り付けられて、人も多くて賑やかだった。

今はそんな気配は微塵(みじん)もなく、掃(は)き清められた広い参道と、背の高い木々が取り囲む荘厳(そうごん)な雰囲気があった。

こうしてみると、長い歴史も感じられて、由緒(ゆいしょ)正しい神社なんだろうなと思う。

お手水(ちょうず)で清めて、私たちは初めてそこを参拝した。

社殿ではお札やお守りが売られているし、おみくじもひける。絵馬もたくさんかけられていて、どうやら縁結びでもご利益(りやく)のある神社であるとわかった。

ごくごく普通の神社だ。

なのに……この広い敷地の奥の小さな祠(ほこら)に……不思議な力があるなんて、いまだに信じられない。

「あ！」

突然、背後から驚いた声が聞こえて、私と理都は振り返った。

見知らぬ女の子だ。

いや、大学生ぐらいだろうか、若くてかわいい女の子。肩までのふわふわの髪にあどけない顔立ち。今は驚きで目も口もぽかんとあいているから余計に幼く見える。

理都の知り合いか？　と思っていると、彼女ははっとして頭をさげた。

「あの！　祖母に呼ばれてうちにいらした方ですよね。社務所へご案内します！」

私と理都は顔を見合わせた。

確かに私たちは、呼び出されてここに来た。

どうやら理都はこの一ヶ月間、逐一(ちくいち)私たちの状況を宮司(ぐうじ)さんに報告し、儀式が終了したことも律義(りちぎ)に知らせていたらしい。

私はそんなことまったく知らなかったし、思いつきもしなかったけどね。

それで、宮司(ぐうじ)さんから『母が会いたがっているので時間がある時にきてほしい』と言われたようなのだ。

で、今私たちはここにいる。

このお嬢さんは口ぶりからするに、私たちを呼び出した方のお孫さんのようだが……

なぜ私たちが何者かわかったんだろう？

ここには私たち以外にも参拝者がいるのに。

「こちらです！」

彼女は私の疑問など気にもせず、元気な声を出して案内してくれた。

社務所内の応接の間だと思われる和室に通されて、私と理都は座布団の上に座った。

テーブルを挟んだ向かいで、上品そうなおばあさまがほほ笑んでいる。

私たちは簡単に自己紹介をして、お孫さんである希穂（きほ）さんが運んでくれたお茶をいただいた。

なんていうか、希穂さんが目をきらきらさせて私たちを見ているようなのは気のせいだろうか？

最初は理都のイケメンフェイスに見惚れているのかと思っていたけど、ちらちらと私へも視線を向けるので、どうやら理由は違うようだ。

「希穂――はしたないですよ」

「っ!!　ごめんなさい！　おばあさま。でも私、こんなに間近で見るの初めてで！」

「希穂」

優しそうな風貌からは想像しなかった、ぴしゃりとした口調に彼女がしゅんとする。

なにを間近で見るのが初めてなのだろうか？　イケメン？　イケメンか？

「わざわざお呼びたてしてごめんなさいね。今回の件を聞いて、本当に儀式を終えたのか確かめたかったの」

ふたたび私の頭の中は、はてなだらけになる。

なにを確かめたかったんだろう？

この二人の言葉の意味がわからず、私は首をかしげた。

――宮司さんは文献で、あの祠の役割を初めて知ったようだった。けれど目の前のこの人は、儀式についてもともと知っていたのだろうか？

だったらあの日……この人にいろいろ話を聞けばよかったんじゃ？

「私たちに、なにを確かめたかったんでしょう？」

理都が丁寧に切り返した。

こういう時、私は口を出さずに、全面的にこいつに任せたほうがいいことを前回学んだ。

私は日々学習している。

おばあさまは笑みを深める。

「無事に儀式を終えて、あなたたちの縁が深まったことを確認したかったの」

縁……私と理都との間にあるのは縁の中でも因縁だけどね。

「今でこそ恋愛による結婚が主流だけれど昔は違う。家や親によって婚姻は定められていた。そうして定められた二人の縁を深めるための儀式に使われるのが、あの祠なの」

おばあさまの言葉を聞きながら、宮司さんの言葉を思い起こしてみる。

満月の夜に二人で岩を動かし、次の満月まで同じ時間に接吻をする。その後に祝言をあげることが多かったと言っていた。

恋愛結婚が稀だった時代……儀式を行うことで互いの関係を深めていったってこと？

まあ、毎晩接吻なんてすれば、私たちみたいに流される人も多かっただろう。接吻しなければなんらかの災いが出るんだから、協力し合わないわけにはいかない。

強制的に相手を意識させられる。

「……儀式をやり遂げられず、試練を乗り越えられなかった方々はどうなったんでしょう？」

理都が尋ねたのは、私も気になっていたことだ。災いがどんなものか人それぞれだからなんともいえないけど、乗り越えられなかったカップルはやっぱり結婚しなかったのかな？

「あの儀式をやり遂げられない人はいないわ。やり遂げられると確信できた人たちにのみ儀式は行っていたし、それを選別するのが私たちの役割だったから」

ん？　それって、乗り越えられる人だけに儀式をさせていたってこと？

そもそも乗り越えられる二人だってわかっているなら儀式は必要ないんじゃない？

ん？　ん？　ん？　わかんないぞ。

「このあたりの婚姻は、昔は家や親が決めたの。決まった二人をこの神社へ連れてきて、その二人の間に縁があるかどうか確かめるのが、この神社の役割だった。縁があると判断した二人に儀式を行わせることで、さらに縁を深めるのがあの祠の役割だったのよ。だから試練はみんなが乗り越えてきたし、その後の二人はよき伴侶となった」

私はおばあさまの言葉に混乱しつつ、自分なりにかみ砕いて想像してみる。

親同士が勝手に決めた相手と婚姻することになって、この神社に連れてこられる。

縁があると判断された二人は儀式に進むけど……縁がないと判断された二人はどうなるの？

そもそも、どうやって縁があるなんて判断するんだ？

「縁がないと判断されたら……婚姻はしないんですか？　そもそも縁があるかどうかなんて、どうやって判断したんですか？」

頭の中の疑問が、ぽんと私の口をついて出た。

「縁がないと判断したら、私たちはそれを伝える。その二人はうまくいかない可能性が高い。昔はそれで納得して婚姻は取りやめていたわ。事情があって婚姻させざるを得ないなら、それは彼らの判断に任せるしかなかった。そんなことをしたらどうなるかわからないと伝えた上で。けれど昔は私たちの判断を信じてもらえていたから……よほどのことがなければ婚姻は取りやめになったのよ。それから縁のあるなしをどうやって判断したかは……私たちの秘匿事項だから説明できないの、ごめんなさいね」

「……いえ」

神社にも、まあいろいろ秘密はあるよね。

「では、縁があると判断なさって、儀式を終えた二人はその判断通りの未来を歩んだということですか？」

理都が少し声を硬くして問う。

私は不思議に思ったことをつい聞いてしまっただけだったけど、理都は違うようだ。どこか思案する横顔は強張っているように見える。

「だからうちは縁結びのご利益があると言われているのよ。儀式を終えた二人は、よき伴侶になった。文献にも残っているように……」

「その儀式は今も？」

理都の問いに、おばあさまは緩く首を横に振った。

「恋愛結婚が主流になると、私たちの判断は不要になった。儀式を行う必要もなくなった。だからあの祠は役割を終えて封じられたの」

そうだ。あの祠は寂れた場所にあった。

私たちがたまたま訪れて……そして偶然転んで、二人であの岩を動かしてしまっただけ。

満月の夜だったせいで……勝手に儀式となってしまっただけ。

私と理都の間に縁があると判断されたわけじゃない。

試練を乗り越えた二人は、よき伴侶になれる――

私たちは確かに試練を乗り越えたけど、正式な手順を踏んだわけじゃないから、その未来は約束されたものではない……？

「あなたたちは恋人同士ではないと聞いていたから……少し心配だったの。儀式を終えた今、あなたたちの関係がどうなったのか知りたくて、来てもらったのよ」

理都の手が不意に私の手を掴んだ。膝の上にあった私の手を包み込むようにして握ってくれる。

私は握った拳に、いつしかぎゅっと力が入っていたのだと、それで気づいた。

――私たちはただの同期だった。

儀式がなければきっと……私たちの間に縁なんてものはなかったはずだ。

儀式がなくても、私はいつか理都に恋をした？

理都は私に恋をした？

「俺と彼女は――確かにこの件をきっかけにして付き合い始めました。俺と彼女の間には、もしかしたら縁なんてものはないのかもしれない」

理都の指が絡まって、私たちは手を繋ぐ。込められた力が私を勇気づける。

「でも、縁がないならないで……俺は構わないと思っています」

私は理都へと顔を向けた。

その横顔は相変わらず凛としていて、戸惑いも迷いも見えない。いつだって落ち着いて冷静な理都そのもの。昔はむかついて仕方がなかったすました横顔が、今は頼もしく思えるなんて恋愛フィルターっておそろしいなあ。

「縁は俺たちが紡げばいい。俺は彼女との縁が途切れないように努力していく。彼女相手なら努力していける」

その言葉を聞いた瞬間、私の涙腺が壊れる。

縁がないならないで……理都は私との縁を繋ぐための努力をしてくれる。

この男は有言実行タイプだから、違えることはないだろう。

「……！　真雪？　大丈夫か？」

「ん……大丈夫。なんかちょっと感激しちゃって」

慌ててハンカチを取り出して涙を拭って理都を見た。

理都は大きく目を見開いて、その後くやしそうに顔を歪めた。そして私の頭を少し自分の胸元に引き寄せると「バカッ！　こんなところで泣くな！」と小さく呟く。

――え？　なんで怒られるんだろう。あんたの言葉に感激して泣いている彼女に言うことじゃないよね？

でも私の感動の波はおさまっていないから、そのまま素直に、「私も努力する。理都との縁が続くように頑張るね」と言ったらぎゅっと抱きしめられた。

え……と人前ですけどね、理都くん。

それでもおばあさまの言葉に不安になっていたから、こうして抱きしめられるのも嬉しくてたまらなかった。

私たちはただの同期で、きっとこんなファンタジーなきっかけでもなければ付き合うことはなかっただろう。

ベタな表現だけど『運命』なのかもしれない。

「同じ時代に近い場所で生まれたこと、そこで出会ったこと、それだけで人と人との間には縁が生まれる。あなたの言う通り、それを切り離すのも深めていくのも、その人次第なの。だから私たちの判断も儀式も必要なくなった。どんなか細い縁だったとしても、繋げようと思えば繋がるのよ。あなたたちの縁もしっかり繋がっているようね」

ご近所だったり、同じ学校、同じ会社だったりと――もうそれだけで人の間には縁が紡がれている。あたりまえに思える出会いも、すべてが『運命』なんだって感じた。

『出会う』

たったそれだけで、もうそこには『縁』がある。

社務所を出た後、私たちは希穂さんに案内されつつ件(くだん)の祠(ほこら)に向かった。なぜなら理都が「自分たちが壊したから、きちんと直っているか確かめさせてほしい」なんて言ったからだ。

私としては、またなにかあったらと思うと怖くて、極力近づきたくなかったけれど、おばあさまも「もうなにも起こらないと思うわ」とほほ笑んで言ったので、理都に付き合ってあげている。

「おまえってさ、けっこうダメダメだな」

「なにがよ！」

希穂さんは私たちを気遣ってか、少し離れて前を歩いている。だから彼女に会話は聞こえないはず。

「あの人に言われて揺らいだだろう？」

「……揺らいだって」

「縁があるかないかとか儀式がなかったら――とか」

――う。見抜かれていたか。鋭いなあ、相変わらず。

だって今も不思議なんだもん。

私が勝手に目の敵(かたき)にしていて、極力近づきたくなかった相手だったのに、今は正反対の感情を抱いてるんだよ。自分の気持ちの変化の大きさに戸惑ってるんだよ。

「それってさ、自分の気持ちに自信がない？　それとも俺の気持ちが信じられない？　おまえが不安なのってどっち？」

理都の瞳にはからかいの色などなくて、私は真剣に考える羽目になった。

理都の気持ちを信じられない？

うーん、まあ今でも信じられないよね。理都を信用していないって意味じゃなく、なんでこんなことになったんだろうっていう意味で。

自分の気持ちにだって自信はない。

理都を好きだって気持ちは確かだけど……なんでこんな風になったかよくわからないんだもん。

いまだに祠(ほこら)の災(わざわ)いが続いていて、私も理都も影響を受けているだけかもって感じることがある。

「どっちも、かな」

だから素直に口にした。

「理都は自信あるの？　だって儀式がなかったら絶対私を好きになったりしなかったでしょう？」

「なんで絶対好きにならないって決めつける？　儀式っていうきっかけがなくても、それ以外のきっかけがあれば好きになった可能性は充分あるよ、俺には」

「どうやらおまえはなさそうだけど」と、つまらなそうに続ける。

話しながら歩いているうちに、見覚えのあるものが目に入って、私は周囲を見回した。

あの夜は周囲の様子なんかまったく目に入らなかったけど、砂利道とはいえ綺麗に整備されているし、いろんな種類の木々が折り重なって、神秘的な空気を醸し出している。

木々の間を透けてくる光が淡く乱反射していた。

祠は寂れた場所にあったのだと思っていた。

でも、こうして訪れると印象がまったく違う。

祠はこの大きな神社の奥まった場所に、大切に隠されていたのだ。

道の突き当たりには、丸く開けたスペースがあり、その奥に祠が見える。

希穂さんはそのスペースの手前で私たちを待っていた。

丸いスペースの周囲の木々は背が低いものばかりだ。だからか、その空間にだけ光が眩いほど降り注いで見える。

あの夜は満月だった。

だから私たちは明かりがなくても、ここまでたどりつくことができた。

そしてこの場所は、荘厳な月の光で満たされていたことを思い出す。

「……申し訳ありません。俺たちは本来立ち入ってはいけない場所に入り込んでしまったんですね」
理都が頭を下げるのにならって、私も頭を下げた。
そうしてしまうほど、その空間だけが異質だったからだ。
希穂さんはにっこり笑って首を緩く横に振る。
「きっとお二人は導かれたんだと思います」
希穂さんが「どうぞ」と言って手で指し示した。
私と理都はゆっくりと、その場所に足を踏み入れる。
この祠で、儀式はもう行われてはいない。
でも過去に儀式が行われた場所として、今でも大切にされている。
直径三十センチぐらいの岩は表面はでこぼこしていたものの、地球儀みたいに丸い。
そこに標縄が飾られている。
「もしよかったら触れてみてください」
え？
希穂さんの言葉に、思わず祠から一歩下がった。
いや、いや、いや。
私たち、これに触ってしまったから、あんなことに巻き込まれたんですけど。
今は昼間だから儀式には関係ないのかもしれないけど、この場所をじっくり目にしてしまうと、またなにか起こりそうな気配がする。

「大丈夫ですよ。儀式は二人で行うものなので、一人で触ってもなにか起こったりはしません」

希穂さんは私たちを安心させるためか、なんのためらいもなく岩を触る。

「もともとは、こうして触ってお参りしていたものなんです。だからこうして岩がだんだん丸くなったそうですよ」

神聖なものだろうに、希穂さんは誰かの頭を撫でるかの如く岩を撫で撫でしていた。

「それに……そう簡単には動かないんです」

希穂さんの言葉の意味が、私にはわからなかった。

でも確かにこうして見ると、こんな重そうな岩、簡単には動かなそうに見える。いや、よいしょってすれば持ち上げられないこともなさそうだけど。

でもあの夜、そんなに抵抗もなく動いた気がするけどな。

私たち二人で倒れ込んだから動いたのかな？

理都は岩と希穂さんをじっと見て、そして足を踏み出して手を伸ばした。希穂さんのように撫でるためにではなく、ちょっと押すように。

うわっ、それで動いたらどうすんのよ！

神社の人が大丈夫だと言っていても、私はまだ信じられない。

理都は一度押した後、なぜか何度もそれを押そうとした。

「理都？」

「……あの夜はもっと簡単に動きました。転びかけた勢いがついたといっても……」

「おばあさまは、縁があると判断した人たちにしか儀式は行わなかったって言ったけど、本当は違うんです。縁がなければそもそも……この岩は簡単には動かないんですよ」

私も飛び出して理都のように岩に触れた。理都と二人で触れることが少し怖かったけれど、あの時のような感覚で押してみる。

でも岩はびくともしなかった。

私と理都は顔を見合わせた後、同時に希穂さんを見た。

「私も儀式のことは今回の件で初めて知ったんです。でもお二人とお会いして……意味がわかりました。お二人は儀式を行ったから結ばれたのではなく、もともと結ばれる運命だったんですよ」

それは……私たちの間にはもとから『縁』があったということ？

理都が私の手をぎゅっと握ってきた。見上げると真剣な眼差しで希穂さんを見ている。

「理都？」

「あなたには、俺と彼女の間にあるなにかが……見えているんですか？」

希穂さんは人差し指をたてて自分の唇に押し当てた。

「私は神社の娘です。だからごめんなさい。お答えすることはできません。今、お話ししたことで察してください」

私は理都と彼女がなにを話しているかわからなかった。

いや、なんとなくわかりそうな気もしたけどわかりたくなかった。

私はこれ以上ファンタジーな日にはあいたくない！

だからここは、さらりと流す。

「案内してくださってありがとうございました」

そうして私たちは、その不可思議な場所を去った。

できればもう二度と訪れることがないよう願って。

＊　＊　＊

『もともと結ばれる運命だったんですよ』

なんて、乙女心をくすぐる言葉だ。

乙女チックな思考を普段しない私でも、思い出すと嬉しくなる。

希穂さんのあの言葉と、祠（ほこら）の岩が簡単には動かなかったことで、すとんと気持ちが落ち着いたのだ。

それになにより――

「理都、まだ調べているの？」

私がお風呂から上がっても、理都はノートパソコンを睨みつけていた。この男はどうも希穂さんの言葉から、いろいろ神社のことを調べ始めたらしい。

いや、もともと宮司さんとも連絡を取っていたようだし、こいつはこいつで儀式のことや月のことも調べていたようなのだ。

あっさり現実を受け入れているんだと思っていたけれど、そうじゃなくて疑問に思ったことはとことん調べる質だったようだ。

こういう粘着質な――いや、熱心な部分が仕事への成果に表れるんだろう。

「調べれば調べるほど……怪しい感じになるな。もうファンタジーなのかオカルトなのかわからない」

「そんなに納得できないんだ？」

「納得できないとかじゃない。災いだって現実だった――おまえが演技していなければだけど」

は？　なに？　こいつ私を疑っているの？

「演技なんかしてないけど」

「わかっているよ。俺に毎晩キスされたくて、苦しむふりするなんて健気なこと、おまえがするわけない」

それって、喜んでいいの？　それともバカにされているの？　どっちだ？

「まあ、いいじゃない。運命の相手だったってことですべて解決！」

私は理都の隣に座り、パソコンを閉じてあげた。

理都もため息をついて諦める。

「希穂さんの一言でおまえは浮上したみたいだな」

「まあそうだけど、でもそれだけじゃないよ。理都が努力するって言ってくれたのがじわじわ効いているから。運命の相手だからって甘えちゃいけないだろうしね！」

「単純でいいな」

「シンプルって言いなよ。複雑に考えたってどうしようもない」

「おまえのその開き直りぶりは見習いたいよ」

私はテーブルの上の理都のスマホを見た。

あれからこいつはテーブルの上にスマホを置くのが癖になったし、私はこのくらいの時間になると時刻を確かめてしまう。

午後八時五十八分。

それは私たちがキスをする時刻。

理都の手が伸びて私の頬に触れて、私は目を閉じる。

もう儀式は終わったけれど、私たちは今夜もキスを交わす。
これから先もずっとキスができますように、そう願って。

書き下ろし番外編

誓いの夜

私と上谷理都は会社の同期だ。

うちの会社は同期同士を様々な場面で競わせるから、お互いのことはある程度把握している。

でもそれは所詮（しょせん）、会社内での同期としての顔でしかない。

私が一方的にライバル心を抱いていた時には気付かずにいた姿を、今の私は恋人として目の当たりにしていて——くやしいことに日毎、惹かれている。

約束の時刻五分前に、待ち合わせ場所にたどり着くと、予想通りあの男は二人組の派手な女性たちに囲まれていた。

カシミアのベージュのコートに、濃いグレーのパンツ。首元にはカーキ色のマフラー。

一見すると難しい色合わせのような気もするのに、色のトーンが揃っているからか素材合わせが絶妙なせいか、おしゃれなうえに上品に見える。

会社でのスーツ姿も、女子社員はうっとりと眺めているけど、私服姿はさらに女性の目を引くようだ。

（相変わらず無駄にイケメン……）

見知らぬ女に声をかけられることなんて日常茶飯事のあの男は、スマートに女性たちをあしらう。冷たくするでも素っ気なくするでもなく、むしろ少し笑みさえ浮かべて。

ああいう余裕のある態度が、昔は鼻について嫌いだった。

隙ひとつ見せない、弱点さえなさそうなところに苛立った。

今は——狼狽(うろた)えたり、焦ったり、そんな姿も知っているから、むしろそういう部分を知ってあいつへの感情が一気に覆(くつがえ)ったのだけれど。

女性たちがすんなり引き下がる。理都は小さくため息をついてこちらを見る。

私に気付くと足早に歩み寄ってきた。

「真雪」

「お疲れ様」

「……おまえ見ていたなら声をかけろよ」

「邪魔するのも悪いと思って」

「むしろ邪魔をするべきだろう。まあ、いいや、行こう」

そうして自然に伸ばされる手。

私は理都と付き合うまで、恋人と手を繋ぐというのがどうも苦手だった。歩くペースを乱されるのも、しっとりと汗ばんだ手の感触も嫌だったし、他者に仲の良さを見せつけるような行為にも抵抗があった。

けれど理都はためらうことなく手を繋いでくる。

「かわいいな、その格好」

「……だって、おしゃれしてこいって言ったじゃない」

そしてこんな風に、くすぐったくなるような誉め言葉をよく使う。

こいつが珍しく、着飾ってきてほしいなんて言うから、いつも以上に気合を入れてしまった。

髪は巻いてふわふわに。首元にはマフラーではなく真っ白いファー。紺色のコートの下は淡い紫の総レースのワンピース。

「ああ、すごく似合っている」

「……どうも」

ああ、ここでかわいらしく「ありがとう」とにっこり笑って言えたらいいのだろうけれど、理都相手にそんなスキルは発動しない。

私と理都との関係は、不本意ながらも社内中に広まっている。

交際当初は「まさかあの二人が」という感じだったのに、最近は「どうせ別れるに決まっている」という噂に変化している。

この男がイケメンすぎるせいか優秀すぎるせいか、そしてその相手が私であることに納得できない人が多いせいか。

だから時折ちょっと自信をなくす。

——理都は私でいいのかな、って、そんな弱気なことを考えるようになった自分がちょっと嫌。

こうして手を繋いで歩いていると、周囲の人の視線を意識しちゃうのもそのせい。

この男は、さっきみたいに待ち合わせ中や、ちょっと離れていた隙にナンパされることが多い。そうしてやってきた私を見て、女たちは意味深な視線を向けるのだ。

理都はよく私のことを「かわいい」と言ってくれるけれど、それはどちらかといえばやつの実家の愛犬と同等レベルのもの。

「理都」

「ん？」

「理都って、手を繋ぐの好きなの？」

「好きとか嫌いとか考えたことない」

理都は指を絡めた手を掲げた。そしてちょっと考え込む。

「そういえば、こうして手を繋いで歩くのっておまえが初めてかも」

大抵、相手から腕を組んでくるほうが多かったしな、とぼそっと続ける。

「そっか」

「なに？　手を繋ぐより、腕を組むほうがいい？」

手を繋ぐのも腕を組むのも、本当は苦手だった。

でも理都相手だと嫌じゃなくて、けれど当然のように隣を歩くのも気が引けてきだして。

最近の私は、ダメダメなのだ。

少し前から、水面下で囁（ささや）かれ始めた理都の噂。

一時出世が危ぶまれたこともあったけれど、結局挽回（ばんかい）して今では上層部のお気に入りだ。中には、『うちの娘と――』なんて話も出ているらしいというのが友人の環奈からの情報。なんのコネもない私よりは、出世に有利な相手と交際したほうがいいのではないか、なんてアドバイスもされているとかいないとか。

私たちは同期で、どちらかといえばこれまでの関係は良好ではなく、だからあんな摩訶（まか）不思議な出来事がなければ私たちが恋人になることはなかったと断言できる。

――あれってやっぱり災（わざわ）いだったんじゃないの？

あんなことがなければ、元カノとの関係だって続いていたかもしれない。あの元カノはいいところのお嬢さんだった。ちょっと暴走しちゃったところはあったけれど、それだって理都を本気で好きになって、好きになりすぎて不安になったせいだ。

今の私は、あの時の彼女の気持ちが理解できる。

だってまさに私も、この男を好きになりすぎて……弱気になっているから。

こいつにとって私との交際って意味があるんだろうか、って考えてしまうぐらい。

「うーん、手を繋ぐより腕を組むほうがいいとかじゃなくて、普通に歩くのはどう？」

「手を繋ぐのが嫌？」

「嫌じゃないけど」

うん、嫌じゃないから、困るんだけどね。

「だったらこのままでいい」

繋いだ手にぎゅっと力が込められる。私も反射的に握り返して、目的地まで結局手を離すことなく歩いた。

＊　＊　＊

真雪の手を引いて歩きながら、俺は嫌な緊張で吐きそうな気分だった。

こういうパターンは嫌になるほど身に覚えがある。

これまでの俺の交際経験はほとんどが相手からの申し出だった。よほど苦手なタイプでなければとりあえず交際に応じるし、できるだけ相手が望む付き合い方をしてきた。だから、そこそこ付き合いも長くなったけれど、最終的には相手から別れ話をされていた。そして俺は引き留めもせずにそれに応じるだけで、なぜ相手が別れ話をしてくるのか深く考えたことがなかった。

ただ、なんとなくわかる——ああ、恋人との関係が微妙になってきたなという気配は。最悪なことに、今まさに同じような気配を俺は真雪から感じている。

(気付かなかった……いつからだ。いつから不安にさせてきた?)

数日前の帰り際に俺を呼び止めたのは、我が社の優秀な秘書様で真雪の友人。情報通の彼女からもたらされたのは、社内に広がる噂と最近の真雪の様子についてだった。

真雪は弱さや脆(もろ)さを見せないと決めれば、どこまでも強がろうとする。だから俺はずっと本当の彼女を見過ごしてきた。

話を聞いていなければ、今度も俺は気付かないまま、同じ過(あやま)ちを犯していたかもしれない。

『好かれている気がしない』『あなたの周囲の女性に嫉妬(しっと)してしまう』『他の人にとられるんじゃないかと不安になる』

別れ際に吐露(とろ)されてきた元カノたちの気持ち。

それを聞いても、俺にはどうすることもできない、としか思わなかった。

でも今は、真雪に対しては、なんとかしなければという焦燥感がある。

絡めた手に力を込めて、俺は真雪をある場所へと連れて行った。

『手を繋ぐのが好きか？』そう聞かれて、初めて認識する。

真雪が俺から手を離そうとしていること。

そして俺は無意識にでも離したくなくて、いつも彼女の手を握っていたこと。

「理都？　どこへ行くの？」

食事の前に少し寄りたいところがあると言って真雪を連れてきたのは、ホテルの高層階にあるロビー。

一部がガラス張りになっていて、そこから夜景が見下ろせる。

でも今夜見せたいのは、眼下に広がる夜景じゃない。

真雪は飛び込んできた光景に、目を丸くした。

宿泊やレストランの食事目当ての客も数人、偶然目にしただろうその景色に感嘆の吐息を漏らす。

「……満月？」

「今夜の月は特別だ。スーパームーンっていうらしいぞ」

そう。目の前にはいつも以上に大きな満月。

吸い込まれそうなほどの眩い光が、真雪の頬を照らす。

俺は手を伸ばして、彼女の頬を包んだ。真雪はぴくりと震えて戸惑うように俺を見る。

今俺たちはきっと、夜毎交わしてきたくちづけを思い出している。

だから人目もはばからず、けれどそっと唇を合わせた。

「真雪、結婚しよう」

真雪の目がこぼれ落ちそうなほど大きく見開かれた。

結婚したからって、真雪が抱く不安を解消できるわけじゃないだろう。

でも俺だって、真雪を失いたくはない。

「月は形を変える。こうして光に満ちることもあれば、闇に覆われることもある。俺たちの間だってきっと、月と同じように感情が揺れ動くこともあるだろう。おまえが今、不安を覚えているみたいに」

真雪が瞳を揺らした。俺は素の彼女を見逃さないように、両手で彼女の頬を包み目を合わせた。

「でも、たとえ見えない夜があっても、月がなくなったわけじゃない。月はずっとそこにある。俺も同じだ。真雪の隣にずっといる。だから今夜誓わせて」

月の光に導かれるようにして、俺たちの関係は始まった。月が満ち欠けするごとに感情が変化した。

それは紛れもない事実。

だからあえて、俺は特別な満月の夜をプロポーズの日として選んだ。

「きっかけがなんだって構わない。俺はおまえとの縁を紡いでいく。その努力をする。真雪のそばにいて愛し続ける」

真雪の表情が泣きそうに歪む。ふにゃっとした情けないその表情は、会社では決して見られないもの。

「私で……いいの？」

「真雪がいい。いや、おまえじゃなきゃダメだ」

大きく肩を震わせて、涙に濡れた眼差しで縋るように真雪は見上げてきた。

「私も、理都じゃなきゃ、ダメ」

「結婚しよう」

「うん、理都と結婚する」

俺はようやく息ができた気分で、真雪をぎゅっと抱きしめた。

＊　＊　＊

「あー、吐きそうに緊張した」

ホテル最上階のレストランの個室で、理都がぼやく。

そんな風には一切見えなかったけど。

あれから私たちは理都が予約していたレストランで食事をしていた。

理都の様子はいつもと変わらないどころか、いつにも増してイケメンぶりに磨きがかかっていたぐらいだったから、まさかプロポーズされるとは思っていなかった。

私はやっぱりいまだにこいつには敵(かな)わないのかもしれない。

レストランからも、さっきより少し位置を変えた大きな満月が見える。

私はあの儀式以降、月の満ち欠けには興味を失っていたけれど、理都はいろいろと考えてくれていたようだ。

今夜の月が特別であることも、それが綺麗(きれい)に見える位置まで調べて、この場所を選んだらしい。

雨じゃなくてよかったと、どうやら天候も気にしていたようで、本当に安堵(あんど)している様子だった。

「緊張しているようには見えなかったし、びっくりした。それにわざわざこの日を選ぶなんて……」

雲一つない夜で、とても大きな月だからいつも以上に輝きを放っている。むしろあんなことがあった分、神秘さを感じてしまって少し身震いがするぐらい。

「……あの儀式を無事に終えた二人は祝言を挙げるって話だったろう？　ずっと昔、あの辺りでの祝言は満月の夜に行われていたんだ。だからもし、俺たちにそういう気持があるのなら満月の日を選ぶといいってアドバイスされた」

私は理都の言葉を聞いて素直に驚いた。

あの儀式の最中も、実は神社の人と連絡を取り合っていたと知った時もそうだったけど、私が思うよりずっと、理都は儀式に真剣に向き合っていたのだろうか。

「中でも、今夜が一番いいって」

私たちは結婚について具体的に話し合っていたわけじゃない。些細な会話の中で、未来を示唆する言葉を交わしてはいたけれど、とても曖昧なものだった。

儀式に対してだけでなく、私との関係についても彼は真剣に考えてくれていたのだ。そう思うと胸がいっぱいになる。

結婚はゴールじゃないし、これからだって自信をなくしたり不安を覚えたりするのだろう。

でも私は、今夜の月を、誓いの言葉を思い出すたびにきっと、理都を信じることができる。

「真雪、もうすぐ――」

食後のデザートの途中だったけれど、個室だからと私たちは席を離れて窓辺に寄った。

濃紺の闇に浮かぶ大きな満月の前で、私たちは時が来るのを待つ。
午後八時五十八分。
私たちは今宵も、くちづけを交わす。
まるで永遠を誓うみたいに。

KINDAN DEKIAI

禁断溺愛

EC Eternity COMICS

漫画 まるはな郁哉

原作 流月るる

親同士の結婚により、中学生時代に湯浅製薬の御曹司・巧と義兄妹になった真尋。一緒に暮らし始めた彼女は、巧から独占欲を滲ませた態度を取られるように。そんな義兄の様子に真尋の心は揺れ、月日は流れ——真尋は、就職を機に義父との養子縁組を解消。しかし、巧にその事実を知られてしまい、「赤の他人になったのなら、もう遠慮する必要はないな」と、甘く淫らに迫られて……

B6判 定価：704円（10%税込） ISBN 978-4-434-29613-0

前CEOを慕っていた専属秘書の凛（りん）。しかし彼は病に倒れ、新しく氷野須王（ひのすおう）がCEOに就任する。須王は美形ながら無表情、かつ仕事に厳しく、気さくな前CEOとは全く違う人物だった。そんな須王を凛は受け入れられず、極力関わらないことを決める。しかしある夜、須王が高熱で倒れたことで、少しずつ距離が縮まって……？

B6判　定価：704円（10%税込）　ISBN 978-4-434-25558-8

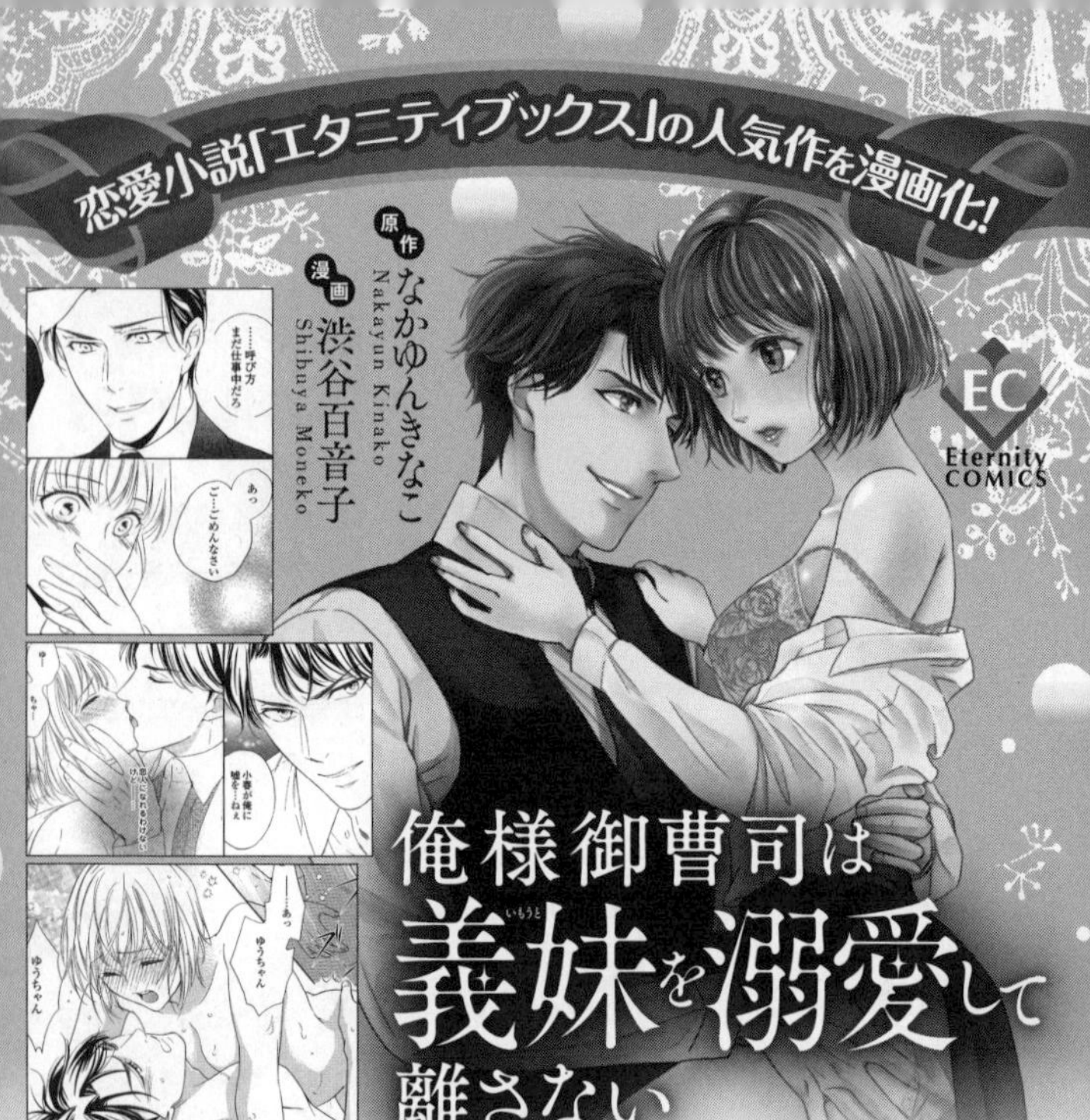

恋愛小説「エタニティブックス」の人気作を漫画化！

原作 なかゆんきなこ Nakayun Kinako
漫画 渋谷百音子 Shibuya Moneko

……呼び方
まだ仕事中だろ

あっ
ご…ごめんなさい

小春が俺に
嘘を…ねぇ

あっ
ゆうちゃん

ゆうちゃん

EC Eternity COMICS

俺様御曹司は義妹を溺愛して離さない

生後間もなく捨てられていたところを少年・勇斗に拾われ、名家の養女となった小春。
成長した小春は、命の恩人であり、義理の兄でもある勇斗の秘書を務めながら、彼に秘めた恋心を抱き続けていた。そんなある日、小春は強引にすすめられたお見合いで見合い相手に襲われそうになる。そこへ勇斗が現れ、事態は事なきを得るが、「自分のものに手を出された」と怒った勇斗は小春に甘く過激に迫ってきて……!?

B6判　定価：704円（10%税込）　ISBN 978-4-434-29879-0

EB エタニティ文庫 ～大人のための恋愛小説～

Koharu & Yuuto

禁断の執着ラブ！
俺様御曹司は義妹を溺愛して離さない

なかゆんきなこ　装丁イラスト／逆月酒乱

血の繋がらない兄・勇斗に叶わぬ想いを抱く小春。そろそろこの恋を諦めなければ……と考えていたある日、彼女は強引に勧められたお見合いで相手に襲われかける。そこへ「こいつは俺のもんだ！」と助けに現れたのは、勇斗！　二人はその勢いで一線を越えてしまい――!?

定価：704円（10%税込）

Koharu & Satoru

社長のご褒美は超激甘！
嘘つきな社長の容赦ない溺愛

里崎 雅　装丁イラスト／夜咲こん

高校の担任で、卒業と同時に姿を消した悟を想い続けるＯＬの小春。ある日悟が、勤めている会社の新社長として現れた！　しかし、多忙な社長に近づくのは一苦労。ようやく会えたと思えば冷たく突き放されたり、急に甘やかされたり……大人な彼の恋の手管に翻弄されて!?

定価：704円（10%税込）

※エタニティブックスは大人の女性のための恋愛小説レーベルです。ロゴマークの色で性描写の有無を判断することができます（赤・一定以上の性描写あり、ロゼ・性描写あり、白・性描写なし）。

詳しくは公式サイトにてご確認下さい

https://eternity.alphapolis.co.jp

携帯サイトはこちらから！

本書は、2018年11月当社より単行本として刊行されたものに、書き下ろしを加えて文庫化したものです。


この作品に対する皆様のご意見・ご感想をお待ちしております。

おハガキ・お手紙は以下の宛先にお送りください。

【宛先】

〒150-6008 東京都渋谷区恵比寿4-20-3 恵比寿ｶﾞｰﾃﾞﾝﾌﾟﾚｲｽﾀﾜｰ8F
（株）アルファポリス　書籍感想係

メールフォームでのご意見・ご感想は右のＱＲコードから、
あるいは以下のワードで検索をかけてください。

アルファポリス　書籍の感想

ご感想はこちらから

エタニティ文庫

夜毎、君とくちづけを

流月るる

2022年2月15日初版発行

文庫編集－熊澤菜々子
編集長－倉持真理
発行者－梶本雄介
発行所－株式会社アルファポリス
〒150-6008 東京都渋谷区恵比寿4-20-3 恵比寿ｶﾞｰﾃﾞﾝﾌﾟﾚｲｽﾀﾜｰ8F
TEL 03-6277-1601（営業）　03-6277-1602（編集）
URL https://www.alphapolis.co.jp/
発売元－株式会社星雲社（共同出版社・流通責任出版社）
〒112-0005 東京都文京区水道1-3-30
TEL 03-3868-3275
装丁イラスト－浅島ヨシユキ
装丁デザイン－AFTERGLOW
（レーベルフォーマットデザイン－ansyyqdesign）

印刷－中央精版印刷株式会社

価格はカバーに表示されてあります。

落丁乱丁の場合はアルファポリスまでご連絡ください。

送料は小社負担でお取り替えします。


ISBN978-4-434-29969-8 C0193